Gaea

Gaea

ISLAND 噩盡島 6

莫仁——著

噩盡島 6

目錄

前情提要

數千年前，神話故事中的妖怪與人類本是共同生活在地球上，後來因為不明原因，兩界分離，形成今天的世界。但到了最近，由於某些因素，分離數千年的兩界，似乎即將重合為一！無數妖奇仙靈，等不及回來一探究竟。人類該如何面對這樣的局勢，拒絕還是接納、主戰還是主和……

沈洛年助白宗與總門擊退鑿齒大軍後，隻身深入噩盡島尋找懷真，卻遭超巨大刑天利斧腰斬，幸賴血飲袍護身逃過死劫，亦使懷真得以重返凡間，及時搭救；兩人回返檀香山與白宗眾人相會，卻意外遭到火箭炮襲擊，情勢詭譎暗潮洶湧，而懷真更感應到地球似乎冒出成千上萬個原息聚集處……

登場人物介紹

■ 16歲，西地高中二年級。
■ 乍看有些白淨文弱的少年。個性冷漠，不喜與人接觸，討厭麻煩，遇事時容易失控。

沈洛年

■ ？歲。
■ 具有喜慾之氣的白色巨狐，個性精靈調皮。三千年前因故留在人間。

懷真

■ 17歲，西地高中三年級。
■ 校內有名資優生，個性負責認真，稍有潔癖，有時容易自責。
■ 隸屬白宗，發散型
■ 武器：杖型匕首

葉瑋珊

■ 17歲，西地高中三年級。
■ 校內體育健將。個性樂觀開朗善良，頗受歡迎的短髮陽光少年。
■ 隸屬白宗，內聚型
■ 武器：銀色長槍

賴一心

■ 20歲。
■ 個性粗疏率真，笑罵間單純直接，平常活潑好動、食量奇大。
■ 隸屬白宗，內聚型
■ 武器：青色厚背刀

瑪蓮

■ 20歲。
■ 個性冷靜寡言，表情不多，愛穿寬鬆運動外套、黑色緊身牛仔褲與短靴。
■ 隸屬白宗，發散型
■ 武器：銀色細窄小匕首

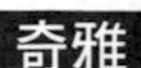

奇雅

ISLAND

什麼時候變成好人了？

賴一心果然沒感覺，又笑著說：「所以我反而認爲，共聯的人可能是想拆了核彈，總門的人正在阻止。」

「爲什麼要拆核彈？」侯添良插口問。

「確實該拆，太危險了……」葉瑋珊突然一驚說：「萬一噩盡島的效果消失，道息遍布全世界，全世界的核彈豈不是會一起爆炸？」

「會嗎？」眾人都嚇了一跳，黃宗儒詫異地說：「不是只有燃料、炸藥之類的會自燃嗎？核反應……也會嗎？」

「核彈也是靠炸藥促成反應的吧？」葉瑋珊不很肯定地說：「印象中，核彈是靠炸藥將核裝料聚集壓迫在一起，使其產生核反應，所以萬一炸藥自爆，核彈也會爆吧？」

「那得快拆啊。」瑪蓮跳了起來說：「我聽人說世界上現有的核彈可以炸翻地球好幾次啊……總門幹嘛阻止？」

「這我就不大確定了，瑋珊妳覺得呢？」賴一心一臉期待地望向葉瑋珊。

葉瑋珊沉吟片刻後說：「我猜測……我們雖然一直沒想到這些，但這是因爲我們對這些武器不熟悉，世界各國早就知道有這種可能性，應該已經拆了大部分；但爲了自保和威嚇，不大可能拆光，共生聯盟想處理的，該是剩下的這些。」

「對、對，有道理。」賴一心忙說：「所以我想幫共生聯盟……而且放他們出來，說不定還可化解兩方的不愉快，畢竟變體者迫出的妖質，能用的不到幾成，很浪費。」

「說到這……」奇雅突然說：「我想到另一件事。」

「想到什麼？」瑪蓮轉頭看著身旁的奇雅。

奇雅緩緩說：「我一直覺得奇怪……為什麼洛年到了，共聯才攻擊我們？」

「對喔。」瑪蓮一呆說：「那幾天我們雖然比較少出門，但還是有出去啊。」

「嗯……」黃宗儒也說：「而且當初和共聯作戰時，洛年根本沒出手，應該比較恨我們才是。」

「幹！」侯添良罵完一呆，先尷尬地偷看了奇雅一眼，這才接著說：「難道不是共聯發射火箭炮？」

「難道是總門幹的？」瑪蓮跟著嚷：「靠！我們居然讓他們把凶手帶走！」

「小聲點。」葉瑋珊一驚，連忙警告說：「這兒可是總門的地盤。」

「誰怕他們！」瑪蓮雖然聲音放小了些，但仍氣呼呼地說：「我們有洛年之鏡，天下無敵，大不了殺出去！」

「最好是別撕破臉。」葉瑋珊一面思索一面說：「而且事情還不確定，總門有需要對付我

懷眞望著沈洛年說：「別深入島內應該還好，對不對？」

「嗯。」沈洛年點頭說：「就這樣吧。」

眾人商議已定，當下各自解散，繼續個人的修行，沈洛年一樣跑出去外面亂晃練反應，不過因爲剛剛的討論，他的注意力自然而然地往後方那建築物多留神了些。

那百餘人都被關在一個大營房，既然是階下囚，似乎也沒什麼人權可言，雖然男女老少都有，卻通通關在一起。

不過這畢竟不關自己的事情，沈洛年雖然有注意，卻也沒放在心上，繼續不斷地奔跑練習著。一段時間後，他突然感覺到側方冒出了一股炁息，似乎正往自己前方掠，他自然而然地一轉身，想避開那人，沒想到對方卻跟著轉，再度繞向自己的前方，沈洛年以爲是巧合，又轉了一次方向，但這次對方卻從後方追了上來。

這人可以感覺到自己的位置？沈洛年微微一驚，回頭一看，卻見提著長槍的賴一心，倏然從轉角後冒了出來，正一面揮手一面向著自己飄近。

他速度雖然不像張志文這麼快，卻也不慢……但這不是重點，他怎能察覺自己的位置？沈洛年有些詫異，還沒開口，賴一心已經朗笑著說：「順著啪啦啪啦的風聲找，果然能找到人。」

風聲？沈洛年微微一怔，衣服引起的嗎？他低頭看了看自己身上的血飲袍，穿著這輕飄飄的大袍，加上高速移動，衣袂飄風聲確實不小，不過賴一心能用這辦法找自己，耳朵倒也不差。

「欸欸，洛年！」賴一心湊近低聲說：「幫我救人好不好？」

沈洛年一呆，詫異地說：「喂？別胡鬧！瑋珊不是說不要嗎？」

「沒有胡鬧啊。」賴一心笑說：「不要讓她知道就好。」

「你又來了。」沈洛年瞪眼說：「她總會知道的，到時候又惹她發脾氣。」

「沒關係啦。」賴一心尷尬地笑說：「而且有你幫忙的話，可以掌握對方看守的位置，應該不會讓別人知道。」

讓葉瑋珊生氣沒關係？沈洛年不知爲什麼火上心頭，哼了一聲說：「別找我。」

「呃……」賴一心抓抓頭說：「別這樣嘛，那些人也很可憐啊。」

「那些人關我屁事。」沈洛年沉著臉，看著賴一心說：「你難道……都不在乎瑋珊會不會難過？」

「我也不想讓她難過啊。」賴一心吐吐舌頭說：「所以要想辦法瞞著她。」

這人說的倒不是謊話，不過就是太天眞了些，沈洛年氣消了些，沒什麼興趣地說：「你計畫怎麼做？」

「最好是不被發現的情況下，找個空隙鑽進去。」賴一心說：「你不是說他們的炁息被壓抑了？只要解開幾個人，其他我們就不用管了，讓他們自己來就好。」

「嗯……」沈洛年四面一望說：「就算我幫你，也得等晚上吧？」

「不。」賴一心搖頭說：「晚上戒備一定更嚴，更難找出空隙。」

「嗄？」沈洛年微微一怔說：「你想現在就去？」

賴一心說：「對，我們放開一個人應該就夠了，讓他們慢慢解開彼此的束縛，到了深夜剛好逃跑。」

沈洛年想了想說：「我問你一個問題。」

「什麼？」賴一心問。

「我衣服這風聲要怎麼降低啊？」沈洛年說。

「呃？」賴一心沒想到沈洛年突然提起另一件事，上下打量了半天才說：「袖口可以束緊，袍尾可以撩起來捲著……」

「不能撩起來。」沈洛年搖搖頭，這樣就沒有保護的功能了。

「那就比較難了。」賴一心抓頭說：「怎不換一件比較緊身的衣服？」

「不能換。」沈洛年不再提衣服，回頭說：「你剛說的事情，萬一我不答應呢？」

「這個……」賴一心苦著臉說：「我只好再去問問瑋珊，畢竟我的感應炁息能力連兼修派的都不如……」

「別問了，找罵挨。」沈洛年說：「讓我考慮兩天。」

「啊？」賴一心一呆說：「考慮？」

「當然。」沈洛年說：「快去帶人練功吧，你跑開這麼久，他們不會懷疑嗎？」

賴一心乾笑說：「好吧……對了，洛年，你有空也過來，我有想到新的想法。」

「怎麼又有新的？」沈洛年微微一愣。

「因爲只要提升炁息到武器或手腳，自然能發出強大的力量，所以過去我們比較不重視招法與標準姿勢、練習步法之類，只爲了維持身形的平衡。」賴一心頓了頓說：「這你還記得吧？」

「嗯。」沈洛年點了點頭。

「但現在我們炁息充斥全身，又研究出了炁息運行的路線……」賴一心說：「某些基本姿勢做出來，確實可以發揮出更強大的力量，所以有必要由繁化簡，找出幾個精簡的動作反覆訓練，讓動作的執行能在反應速度之前，這樣……」

「等等。」沈洛年突然叫了一聲。

「怎麼？」賴一心一呆。

「什麼叫作動作在反應之前？」沈洛年說。

賴一心點點頭說：「這確實是重點，因爲炁息的提升，每個人幾乎都能以很高的速度移動和攻擊，但若對方不弱於己，一樣能格擋和反擊，如果專心練幾個動作，練到流暢、快速、幾乎無須思考，彷彿反射動作一般，配合上正確的姿勢、匯集全身炁息的力量，將有機會贏過不下於己的高手……不過這種功夫，對方受傷甚至死亡的機會很高，不能亂用。」

聽起來似乎很有道理？不過沈洛年也沒研究過功夫，自然也不大明白這些道理是眞是假，頓了頓才說：「若兩方都會這種功夫呢？」

「那就看誰的功夫深啦。」賴一心笑說：「誰快一點點，誰就贏了。」

「比快的話，志文、添良他們不就最快嗎？」沈洛年詫異地說。

「不是這樣。」賴一心搖頭說：「普通招式、身法確實是他們最快，若針對刹那間的出招速度，已經掌握了『爆閃』訣竅的瑪蓮和小睿，可能還更快一些，但說到這種匯集全身力量和爆發力的絕招，只要功夫下得深，可以突破原先炁息的性質……」

「難道宗儒也可以？」沈洛年問。

「也可以喔，我反而最看好宗儒。」賴一心說：「因爲這不是短時間內看得出效果的功夫，必須持之以恆，也許要連練好幾個月，甚至數年才能有小成就。」

「啊？」沈洛年一呆說：「好幾年啊？」

「對啊。」賴一心呵呵笑說：「他們其他幾個反應就和你一樣，只有宗儒不嫌累。」

「呃……」沈洛年倒有點不好意思，頓了頓說：「我知道了，有空去找你請教。」

「別客氣，大家一起研究。」賴一心頓了頓說：「剛剛說的事情……」

「知道了。」沈洛年揮手說：「今天讓我休息一下，明天再說。」

沒有沈洛年幫忙，賴一心也沒辦法無聲無息地接近，他只好苦笑轉身回去，去西面的小廣場，找那幾個人會合。

等賴一心走遠，沈洛年卻是目光一轉，低聲說：「臭狐狸，還不出來？」

遠遠屋頂上突然冒出懷眞的腦袋，她一面偷笑飄近，一面詫異地說：「隔這麼遠也被你發現？」

「因爲妳變弱了吧。」沈洛年說。

「才不是。」懷眞哼了一聲說：「應該是你體內道息變多、變強了……」因爲最近常和白宗等人在一起，懷眞也漸漸習慣用道息稱呼渾沌原息。

「眞的嗎？」沈洛年點頭說：「看來一心那螺旋運轉法門還不錯。」

「可惡。」懷眞埋怨地說：「他爲什麼會想到這招？」

「妳早就知道該這樣喔？」沈洛年好笑地說：「幹嘛又藏私不跟我說？我的道息強點不好嗎？至少受傷了好得快一點。」

懷眞卻撇開頭說：「你仙化的速度慢點比較好……」

「爲什麼？」沈洛年瞪眼。

懷眞妙目一轉，嘟嘴說：「你凝聚力又變強了，萬一解咒之後不肯讓我吸，我就吸不到了。」

原來又是爲了這個，沈洛年沒好氣地說：「小心眼的狐狸。」

「我就是小心眼，怎麼樣！」懷眞哼聲說：「人類最容易說話不算話了！」

「好啦，隨便妳。」沈洛年也不計較，只說：「別藏來藏去最後被我害死就好了。」

「對啊！」懷眞委屈地說：「所以我也很困擾，都不知道該說多少。」

沈洛年聽了倒覺得好笑，他不再提這件事，換個話題說：「妳跟著多久了？」

「一直跟著啊，既然總門也是壞蛋，怎麼能讓你自己亂跑？」懷眞嗔說：「剛剛想偷聽你們說什麼才接近的，居然就被你發現。」

「都聽到了嗎？」沈洛年說：「感覺怎樣？」

「什麼感覺怎樣？」懷眞睜大眼睛看著沈洛年說：「你不是沒答應他嗎？等等我去跟瑋珊告狀，讓這天眞小子受點教訓就沒事了。」

「一心這傢伙很難死心的，我一直拒絕下去，他最後還是會說動瑋珊。」沈洛年沉吟說：「這樣吧，妳陪我去救人。」

「啊？」懷眞吃了一驚說：「幹嘛變我們去救人？」

「我們兩個去，對方不會察覺的。」沈洛年說：「不就把問題解決了嗎？」

「你什麼時候變成好人了？」懷眞訝異地看著沈洛年。

「妳管我？」沈洛年瞪眼說：「幫不幫啦？不幫我自己去。」

「我能讓你自己去嗎？」懷眞回瞪說：「你欺負我！」

「我也是這麼想。」沈洛年笑說：「走吧。」

「壞蛋！」懷眞一面走一面忍不住罵。

懷眞與沈洛年一個感應力強，一個聽力好，炁息別人又無法察覺，兩人就這樣一路沿著沒人的路往後飄，沒多久就繞到了那大營房旁的另一棟建築物後。沈洛年感應得很清楚，營房周圍前後上下都各安排著兩個人看守，想無聲無息地接近並不容易。

「似乎溜不進去？」沈洛年跟懷眞低聲商量。

「眞要進去？」懷眞還在皺眉：「說不定眞是這些人炸我們呢？」

「眞是也不怕啊。」沈洛年說：「反正我們現在住在這兒有總門保護，過幾天就去噩盡島，隨便他們鬥吧。」

「好吧。」懷眞說：「那宰了那兩個人，然後從上面的天窗鑽進去？」

「不能宰。」沈洛年搖頭說：「會被發現有人侵入，就沒時間讓他們慢慢掙脫了……有辦法把那兩人的注意力引開嗎？妳以前那個障眼法如何？能擋住他們視線嗎？」

「我現在能力太差，這些又都是變體引炁者，不行啦。」懷眞皺眉說。

「唔……」沈洛年心念一轉說：「我派影蠱過去吸引注意力，然後妳帶我飛上去？」

「好啊。」懷眞一笑說：「那小妖不是叫作凱布利嗎？」

沈洛年微微一怔，好笑地說：「妳居然記得，記這幹嘛？」

「好玩啊。」懷眞說：「以後萬一產生靈性，也需要給牠一個名字方便稱呼。」

「會這樣嗎？」沈洛年有點吃驚。

「不知道啊，但是原息很營養，會怎樣都很難講。」懷眞說。

「那還是少用爲妙。」沈洛年說：「有妳跟著已經夠累了。」

「吼！」懷眞一撲，推倒沈洛年，壓在他身上說：「你敢嫌我！壞蛋！」

「好啦，別鬧了。」沈洛年抓了抓懷眞的脖頸處，算是安慰，一面說：「我要派影蠱出去了。」

「哼！」懷眞雖然舒服得縮了縮脖子，表情仍不是很滿意，她抓著沈洛年跳起，一面扠腰說：「晚上我吸道息之後，你要幫我抓抓一小時，否則我不幫忙。」

沈洛年白了她一眼後才說：「好啦。」一面讓影蠱化成一隻黑色甲蟲，沿著地面往外飄。

「讓凱布利動快一點，快到看不清楚，省得以後被發現。」懷眞帶著沈洛年飄起，一面說。

「嗯。」反正影蠱本無質量，體積又小，比推動沈洛年容易多了，當下一面快速飛旋，一面向著那端緩緩接近。

這一面牆外，看守的是兩個兼修派青年，他們突然感覺到一股淡淡的妖炁，心中一驚，忙拔出短劍，作勢要放出劍炁，一面準備著喊人支援。

但仔細一看，卻發現妖炁來自數公尺外的地面上，有一團快速移動又看不清楚的黑影，這黑影不接近也不遠離，就這麼在地上快速轉動。這種小妖兩人從沒見過，加上妖炁十分淡，看似沒什麼威脅，他們一時之間，頗不知該不該找人協助，會不會因此鬧出笑話？

那兩個年輕人，就這麼看著黑色小團在眼前旋轉了數秒，跟著那團黑影突然往外飛射，一轉眼又消失不見，連妖炁的感應都消失了，兩人一愣，對看一眼，都不知道是怎麼回事。

□

且不說那兩名守衛如何驚訝地討論，就這短短的數秒工夫，懷眞已經帶著沈洛年飄入天窗。

這種營房本是大型部隊寢室，裡面應該有一排排的雙層床，但不知是不是因爲早就準備拿來當暫時囚牢，內部的床架早已搬空，只剩下一片空地，被抓來的百多名共聯人，正或坐或躺、垂頭喪氣地各自窩著，連聊天說話的人都沒有。

媽的，這種氣氛看了眞不舒服，沈洛年正皺眉，懷眞已經帶著他往下落。

兩人這一落地，總算引起了注意，周圍眾人看清兩人之後吃了一驚，紛紛低聲輕呼，懷眞卻嘻嘻一笑，對著眾人比個噤聲手勢。

懷眞的喜慾之氣雖然不如以往，畢竟是個美女，這麼甜甜一笑，眾人的敵意降了不少，但已經認識沈洛年的人，看著兩人的表情仍不友善。

沈洛年目光四面一掃，找到了何昌南，當下轉身，往何昌南走去。

何昌南身旁似乎都是何宗的人，看到沈洛年走來，不禁都起了騷動，當初那個眼睛微腫、眼角下垂的微胖中年男子何昌世，忍不住開口說：「他一定是來殺人的……大哥……」

何昌南沉臉望著沈洛年，口中低聲叱說：「老三、別吵。」

那男子身子卻抖了起來，一面扯著身上的鎖鏈往後退，一面嚷了起來：「這小子是瘋子啊……救……救命啊！」

沈洛年還沒來得及反應，懷眞已經閃了過去，輕輕敲昏了那人，一面說：「吵死了。」

「你們幹什麼？」何昌南帶著刀疤的閃亮額頭冒出汗珠，怒沖沖地看著沈洛年和懷眞，不過聲音倒是不大。

三個多月前在埡口山莊，何昌南和沈洛年碰面、衝突後，連他名字都不知道，後來雖然聽說了胡宗沈洛年這個名稱，也沒想到就是當初遇到的那個少年，直到上個月何宗在台灣與沈洛年再一次衝突，何昌南和門人弟子一談之下，才知道所謂的胡宗沈洛年，就是那個讓自己吃虧的古怪凶狠少年，今日突然看到本人，他一時之間可有些不是滋味。

「我問你，」沈洛年看著何昌南，放低聲音說：「昨晚有人攻擊我們，是不是你們共聯的人幹的？」

何昌南怒沖沖地說：「與我們無關！」

「喔？」沈洛年點點頭說：「果然不是。」

何昌南一怔說：「你眞的相信？」

沈洛年不置可否地隨便點了點頭，跟著說：「想救你們的，是白宗的人。」

「想救……？」何昌南一怔說：「你意思是……」

沈洛年扳過何昌南背後看了看，回頭對懷眞說：「這把鎖，匕首斬得斷嗎？」

懷眞正在研究那會排拒道息的鎖鏈衣，聽到沈洛年詢問，轉身湊近說：「不行吧？」

「上次我砍斷過一把細劍。」沈洛年說到這兒才想起，那把細劍的主人也在旁邊，忍不住看了那青年一眼，卻見那對男女正挺有精神地瞪著自己，看樣子兩人的手接得應該還不錯。

「那該不是什麼硬金屬，才能砍斷。」懷眞說：「這鎖頭這麼粗，不容易吧？」

「那怎辦？」沈洛年問：「快教我怎麼拔掉刀鞘！」

「不要！」懷眞瞪了沈洛年一眼，拿起鎖頭看看說：「只是普通的鎖。」只見她手一撫，一股淡淡外炁泛出，喀地一聲，鎖自動彈開，她順手把鎖頭取了下來。

對了，用外炁探入鎖內推開機括就好了……沈洛年斜眼看著懷眞說：「妳都是這樣開我抽屜偷看的？」

懷眞嘻嘻一笑，肩膀輕推沈洛年說：「別這麼計較啦。」

這時不是算帳的時候，沈洛年只白了懷眞一眼，回頭對何昌南說：「你脫下這衣服後，炁息應該就會恢復，這些手銬有辦法掙斷吧？」

何昌南還沒回答，懷眞好笑地說：「笨蛋，只要能引炁，他也可以用外炁開啊。」

沈洛年眞沒想到這一點，不知該如何回嘴，只好認了這個「笨蛋」，悶悶地說：「他們武器都被沒收了吧？有辦法引炁嗎？」

「用鎖代替一下吧！打開的尖端勉強可以用用。」懷眞把鎖頭遞給還在發愣的何昌南，一面說：「別急著引喔，一點點足以開鎖的力量就行了，等大家的鎖都開了，才一起引炁往外衝，不然被發現就完蛋啦。」

「最好晚上再溜，萬一又被抓，我可不會再來了。」沈洛年也說：「逃走之後，也別留在檀香山，他們若要我再去找，可不好拒絕。」

何昌南拿著鎖頭，終於確定這兩人眞是來救人的，他愕然說：「多謝兩位……指點，這位莫非就是胡宗長？」

「對啊！」懷眞挺高興地笑說：「你是哪位呀？怎麼認得我們？」

「呃……」何昌南這可有點不好意思，頓了頓才說：「我是何宗何昌南，以前和沈兄弟有過……這個……小誤會。」

懷眞嘟起嘴，薄嗔說：「原來是在台灣暗算洛年和他叔叔的人！」

何昌南一愣，有點尷尬，接不下去。

「沒關係啦。」懷眞又笑了起來，搖頭說：「洛年不會記仇的，以後不可以了喔。」

這狐狸怎麼和誰都能聊起來？……沈洛年一扯懷眞說：「別囉嗦了，走吧。」

「等等。」何昌南忙說：「沈兄弟。」

沈洛年回頭說：「怎麼？」

「你……」何昌南頓了頓說：「這是怎麼回事？難道不是你找出我們藏身處的嗎？」

沈洛年點了點頭：「是我找的沒錯。」

何昌南一愣，詫異地說：「那……」

懷眞看沈洛年似乎懶得解釋，笑著插口說：「我們本來以爲炸車子的事情是你們幹的，所以才幫忙總門找人，後來覺得不對，所以來問問看，既然不是……那就大家做朋友，想辦法放你們走啊。」

「你們就問那一句，就信我了？」何昌南詫異地說。

沈洛年不想多解釋，只說：「反正我害你們被抓，放你們也是應該的……要謝的話，就謝謝白宗吧，是他們提醒的，好了，我要走了。」

「兩位聽我一言。」何昌南忙說：「你可知道我們留在檀香山的目的？」

沈洛年回過頭，想了想說：「找核彈？」

何昌南又是一驚，詫異地說：「你怎麼知道的？」

「白宗的人猜的。」沈洛年揮揮手說：「這是好事，你們加油。」

「沈兄弟。」何昌南看沈洛年又要走，趕著說：「若道息瀰漫的瞬間破壞了地球，日後妖仙和諸神責怪，人類可就完了啊。」

「所以我沒阻止你們啊。」沈洛年瞪眼說：「不然還要怎樣？」

「這……」何昌南頓了頓說：「檀香山總門變體部隊人數最多，我們雖然也留下較多人，還是戰力不足，如果胡宗和白宗可以幫我們的話……」

「沒興趣。」沈洛年搖頭說：「過兩天我們就上噩盡島了。」

「總門就是想把其他道武門人都鏟除了，才會在噩盡島上建立基地，然後把各宗派一直往上送啊。」何昌南焦急地說：「島上妖怪越來越強大，人類終究是抵擋不住的。」

總門真想這樣嗎？雖然不像說謊，但也可能是猜的，反正到時候只在外圍晃應該不會有事，在這兒待下去，說不定又會有火炮轟過來……沈洛年不再回答，只回頭對懷眞說：「走吧，用老辦法出去。」

「換個方向吧？」懷眞妙目一轉說：「免得那兩人起疑。」

「好。」沈洛年點頭。

「沈兄弟？胡宗長？」何昌南還忍不住低聲喊。

懷眞站到沈洛年身旁，對何昌南甜甜一笑說：「別找我們啦，我們很懶的，要守密喔。」一面托起沈洛年，兩人往另外一個窗口飄了出去。

ISLAND
還有別的女人？

兩人一樣靠著那名喚凱布利的影蟲，吸引了另一邊兩個守衛的注意，輕輕鬆鬆地飄了出去，離開一段距離之後，懷眞才把沈洛年放下，一面說：「小影妖呢？」

「跟在地上。」沈洛年回答的同時，影蟲從地上飛起，穿入他的袖子中。

「還眞方便。」懷眞說：「害我也挺想弄一隻來玩，你眞不知道怎麼弄的啊？」

「她們不教我。」沈洛年搖搖頭。

「下次帶我去，說不定肯教我。」懷眞嘻嘻笑說：「順便去找老朋友敘舊。」

重去那個雲南山谷嗎？沈洛年腦海中晃過艾露的窈窕身影，最後那兩日的回憶，一幕幕出現在眼前……當時若不是爲了懷眞，自己會不會眞的留下來？而她們就只能這樣一直守在那谷中孤寂終老嗎？想到這件事情，沈洛年的心情在一瞬間突然有幾分沉重，沒回答懷眞這句話。

懷眞見沈洛年不開口，想想又說：「既然能跟著你飛，代表未必需要放身上吧？你不是嫌放身上太大了嗎？」

「是啊……」沈洛年隨口回答說：「牠飛到哪兒我都知道，但是放身上比較不用花心思操縱……咦？」

「咦什麼？」懷眞嚇了一跳。

「沒……沒什麼。」卻是沈洛年突然想起艾露放在自己右肩上那隻叫作「蝶兒」的影蟲。

這陣子沈洛年慢慢知道，影蠱雖然沒有靈性，但因爲和自己心靈相通，所以到哪兒自己都很清楚，這麼說來，那隻「蝶兒」停在自己身上，豈不是代表艾露隨時可以找到自己？這是她的目的嗎？她當眞會找過來嗎？

艾露對沈洛年來說，和奇雅類似，欣賞心動有之，但還稱不上戀慕，不過當想到有個曾讓自己心動的妙齡少女，可能會千里迢迢地來尋找自己，沈洛年雖然個性孤僻，畢竟還是少年，心底不免小鹿亂撞，臉龐有點發紅。

懷眞見沈洛年呆著不說話，突然哼聲說：「你又在想瑋珊！」

「什麼？」沈洛年一怔，瞪眼說：「才不是，胡說什麼。」

「騙人，臉都紅了。」懷眞撇嘴說：「現在能讓你心動的女人又沒幾個，以爲我沒注意嗎？整天都在偷看瑋珊！」

「哪有整天？」沈洛年紅著臉說：「剛剛想的剛好就不是瑋珊！」

「你還有別的女人？」懷眞一把摟住沈洛年脖子，不依地說：「快招！是誰？」

「關妳屁事。」沈洛年好笑地推開懷眞說：「有人去找瑋珊了，八成是周光來了，去看看。」

「去看？」懷眞一面跟著走，一面詫異地說：「你今天眞的好古怪，又當好人、又想湊熱鬧……平常躲都來不及了，還自己跑去？」

「沒辦法。」沈洛年皺眉說：「那些傢伙會騙人，我去看看哪句話是眞的。」

「原來如此。」懷眞這才明白，當下隨著沈洛年一起往眾人住的地方奔去。

□

那一端周光果然正在敲門，葉瑋珊和奇雅此時正在房中商量道術，聽見敲門聲，已有心理準備的葉瑋珊打開門說：「周祕書，請進。」

「葉宗長。」周光沒往內走，他滿臉堆笑地說：「不知諸位商量得如何？啊，胡宗長、沈先生，來得正好！呂部長也來了，正在會客室等候諸位。」卻是剛好沈洛年和懷眞正繞了回來。

呂緣海也來了？葉瑋珊微微一怔說：「這怎麼敢當？」

「都是我辦事不力啊，所以部長親自來了。」周光笑說：「三位……還是四位一起請？」卻是他看到屋中的奇雅，當下一起邀約。

「一起去嗎？奇雅。」葉瑋珊回頭問。

奇雅想了想，微微點頭說：「也好。」

四人隨著周光往外走，到了會客室，那滿面紅光的呂緣海果然在其中等候，一見到四人，呂緣海馬上站起，哈哈笑說：「幾位好久不見了，快請坐，啊！這位一定就是胡宗長！果然是少見的大美女，久仰久仰。」

懷眞一面坐下，一面笑咪咪說：「呂部長嘴好甜，吃了糖才來的嗎？你好啊，叫我懷眞就可以啦。」

「哪裡、哪裡，懷眞小姐太客氣了，這是呂某肺腑之言。」呂緣海一面陪著懷眞打哈哈，一面忍不住瞄了面無表情的沈洛年一眼，看樣子胡宗這美女宗長，比那臭臉小子好說話多了？

「呂部長。」葉瑋珊微笑接口說：「怎麼好麻煩您親自跑一趟？」

「其實我早就想來見各位，就是俗務太多。」呂緣海朗笑說：「白宗、胡宗諸位年輕有爲、充滿朝氣，只要和各位見面，就讓人覺得道武門的未來充滿希望啊。」

「不敢當，我們什麼都不懂，很多事情都需要前輩們提點……」看樣子要陪他廢話下去的話，似乎可以說很久，葉瑋珊話鋒一轉說：「午間，周祕書曾來轉告……」

「正是。」呂緣海笑容一斂說：「若能得到胡、白兩宗大力支援，總門上下萬分感激，如果有任何矛盾，咱們肯定能想辦法化解。」

四人彼此對望，葉瑋珊見沈洛年和懷眞似乎都沒打算開口，沉吟了一下，開口說：「呂部長，我們年輕識淺，中午聽周祕書提到核武器，卻不免有點擔心，不知道總門是否有向世界各國通知，道息瀰漫可能產生的危險性？」

「這是當然。」呂緣海臉色一正說：「這種事誰敢開玩笑？這軍港基地本來就沒儲存核彈頭，當初爲了攻擊妖怪運來的核武器，美方在我們通知下也都早已拆卸或運離，畢竟這兒離噩盡島最近，也是最危險的地方。」

聽到這話，眾人都是一愣，沈洛年也微微皺眉，這老頭似乎不是說謊，但何昌南也不像說謊，也就是說……何昌南那兒，還不知道檀香山這兒沒核武？這也不無可能。

葉瑋珊心念一轉，開口問：「如果這兒核武都已經拆卸，共聯的人還搶什麼？」

「這怪我沒說清楚。」站在一旁沒坐下的周光，微笑接口說：「想搶核武的共聯組織，指的是離開夏威夷的那些，留在夏威夷的，恐怕是爲了對付諸位，或者是破壞我們各種支援噩盡島戰線的行動。」

「正是。」呂緣海接著說：「所以問題比較大的，反而是離開噩盡島那群人，應該盡快把他們捕捉起來。」

見呂緣海老看著自己和懷眞，沈洛年開口說：「把核武全拆了，不就好了？」

呂緣海微微皺眉說：「沈小兄弟，每個人都知道核武不是好東西，但現在的世界，確實也是靠著核武的恐怖平衡而維持著大體的和平，核武完全拆除，那是不可能的事情。」

「部長說得沒錯。」周光跟著說：「在總門四處斡旋下，各國已經把核武減到最少，除了必要的戰略性布置之外，幾乎都已經拆除了。」

「諸位年紀雖小，卻十分有見識，眞是難得！」呂緣海呵呵笑說：「請安心吧。」

這和葉瑋珊的推論差不多，但聽到這些話，卻不代表可以放心，畢竟世上擁有核武的國家不少，只要各留個幾枚，同時爆起來也是很麻煩的事情，但葉瑋珊也心裡有數，要這些國家的掌權者完全放棄核武，可說是難上加難。

至於沈洛年，更是大皺眉頭，這些人說話半眞半假的，你一句我一句地說個不停，他對世界情勢又不大清楚，聽來聽去，竟是聽不出哪一句是假，哪句是眞，但是這些人不大老實卻可以確定，所以沈洛年的臉色依然不大好看。

「我可以問問題嗎？」懷眞突然笑著開口。

「懷眞小姐萬勿客氣，請有話直說。」呂緣海忙說。

「你們到底弄了多少個息壤島啊？」懷眞歪著頭問。

「息壤？」呂緣海一呆，沒聽懂。

「讓噩盡島變大的土妖就是息壤呀。」懷眞笑說：「你們又弄了好多個類似噩盡島的地方吧？對不對？」

這話一說，每個人都愣住了，眾人都轉頭看著懷眞時，沈洛年忍不住低聲說：「妳說啥？」

懷眞湊到沈洛年耳畔輕笑說：「我跟你提過呀。」

「哪有？」沈洛年說。

「你忘記了啦！笨。」懷眞嘟起嘴說。

「明明沒有。」沈洛年皺眉說。

看著兩人打情罵俏，葉瑋珊和奇雅兩人雖不意外，也有三分不自在，目光轉回呂緣海，看他怎麼回答。

呂緣海愣了愣才開口說：「胡宗長在開玩笑吧？噩盡島當然只有一個啊。」

「騙人。」懷眞笑說：「還有很多個小的吧？」

果然是騙人，沈洛年這句可看得很清楚，當下臉色更臭了。

葉瑋珊見狀，輕咳一聲說：「呂部長，你確定懷眞姊說錯了嗎？」

「這……」呂緣海心念電轉，沈洛年的感應能力已經十分詭異，懷眞身為胡宗長說不定更有特殊絕活，而且對方若非知道幾分，也不可能無端提起，他當機立斷，哈哈一笑說：「果然瞞不住諸位，不過這件事本是機密，不提此事，也沒有惡意，諸位千萬別誤會。」

葉瑋珊一怔說：「原來當眞還有其他的噩盡島？」

「不，這麼說有點不夠精確。」呂緣海頓了頓說：「原來那妖土叫作息壤？因爲未必在海上，就稱爲息壤丘吧，該從這兒說起……我們從噩盡島的經驗，又經過了幾次實驗，最後終於掌握了控制息壤產生與死亡的技術。」

「所以你們就開始弄小息壤島啦？」懷眞笑說：「弄了幾個？」

「這個……」呂緣海這時不敢胡扯，只尷尬地笑說：「這暫時還屬於最高機密。」

葉瑋珊詫異地說：「這麼一來，世上不就到處都有妖怪聚集了嗎？」

「不、不。」呂緣海搖手說：「每一個小息壤丘都不到百公尺寬，雖具有吸引道息的能力，但上面不會出現太強大的妖怪，就算出妖，也無法離開那小小的範圍，而且我們選擇在各個人煙稀少、環境嚴峻的地方設置，比如沙漠、極地、高山、高原等地，妖怪就算出現，日子也過不下去，就算過得下去，也無法離開，但又能有效地聚集道息，這麼一來，人類自然可以恢復平常的生活。」

眾人這下都聽懂了，息壤丘既然能吸收道息，只要設立的數量夠多，把逐漸增加的道息各自集中到無害的地方，會不會產生妖怪都無所謂，反正強大妖怪也不能離開那個小丘，而其他地方，卻可以把道息含量壓抑到很低的程度，幾乎是不受影響。

葉瑋珊這一刹那突然明白當時高輝爲什麼勸自己別急著吸妖質，他想必早已知道這個計畫，若是成功，世上的道息濃度還眞的不會提高……還好有洛年之鏡，否則以後眞得住在噩盡島旁邊了。

沈洛年卻突然想起，當時從噩盡島上離開，搭著直升機的時候，懷眞確實提過道息沒有全部集中在噩盡島上，當時她十分疲累，沒有多說，自己後來也忘了，原來就是說這件事？

「這個消息，代表我們已經有辦法抑制道息的增長。」呂緣海微笑說：「有關拆除核武的事情，諸位其實不用太操心，雖然不敢說一定不會有意外，至少在全世界建滿息壤丘之前，道息瀰漫的機率實在不大。」

葉瑋珊一怔說：「也就是說，諸位已經找到偵測道息濃度的方式了？否則怎知何時需要增建？」

「也許吧。」呂緣海笑說：「不過這些事情都是由另外一個部門掌握安排，我也只知道皮毛而已。」

這話又是騙人的……沈洛年想起何昌南的話，哼了一聲說：「既然有辦法控制道息，那也不用理會噩盡島上的妖怪了，還派人上去做什麼？」

「爲了防範於未然，還是盡量清除妖怪較好……」呂緣海嘆了一口氣說：「既然開誠布公了，我也不怕丟臉，老實告訴諸位，因爲要看守各地新建的息壤丘，總門雖有數萬部隊，如今卻已有人力不足的感覺，這才希望大家上噩盡島幫忙，難得建立的人類據點，總不好這樣荒廢了。」

呂緣海說完這段話，目光掃過眾人，其他人表情還看不出所以然，但一向臭臉的沈洛年，居然難得地露出了一抹笑意，倒讓他頗有點意外。

沈洛年不是認同，而是看著呂緣海說話的時候，那股透出的氣味老是眞假參半，不知哪段是眞哪段是假，不禁爲之失笑，怎麼有人說話可以說成這模樣？連想挑他毛病都不容易。

葉瑋珊也看了沈洛年一眼，卻不明白他微笑的意思，葉瑋珊想了想才說：「我們白宗並不排斥上噩盡島協防堡壘，至於胡宗……」一面往沈洛年和懷眞望去。

呂緣海見狀忙說：「懷眞小姐，對人類傷害最大的，往往還是人類，共聯竟把念頭動到核武上面，已經是喪心病狂，必須以最快的速度讓共聯等人就縛，還請兩位幫忙。」

「問我呀？我無所謂啊。」懷眞笑說：「找人得靠洛年。」

「呃？」呂緣海一呆，沒想到拍馬屁拍錯人了，只好看著沈洛年，不知他會怎麼回答。

沈洛年停了幾秒才說：「我們隨白宗一起上噩盡島。」

呂緣海眉頭一皺，沉吟說：「沈先生，是不是能……」

「我對幫你們抓人沒興趣，其實我對殺妖也沒興趣。」沈洛年不等呂緣海說完，跟著說：「上噩盡島，只是怕又有砲彈飛過來。」

呂緣海一呆，強笑說：「既然共聯在檀香山的人都已經抓到，應該不會發生這種事吧？」

這就是心虛的氣味嗎？沈洛年暗暗好笑，正不知要不要直接翻臉，懷眞卻噗哧一笑說：「去其他地方幫你們抓人的話，不就又會遇到？我可不要。」

這話反而把呂緣海的口堵住了，他臉色變得有點難看，一下子說不出話來。

「呂部長。」葉瑋珊開口打圓場，微笑說：「胡宗願意上噩盡島，也是替這世界盡了一份心力，總門人才濟濟，共聯千餘人不過是跳梁小丑，少了洛年，只不過多費一點工夫，該不會有什麼大問題的。」

這頂高帽子扔上去，呂緣海也不好繼續說了，只好說：「既然如此……周光，最近有安排上噩盡島的船隻嗎？」

周光躬身說：「原本預計的西島建堡計畫雖然暫時取消，但三日後仍有一艘運輸船，將載運各宗派高手上島北一號堡協防，胡、白兩宗可以隨船上島。」

「那麼就麻煩諸位了。」呂緣海想了想，再度露出笑容，站起說：「噩盡島上以高部長爲首，還請諸位多多幫忙。」

「應該的。」葉瑋珊起身送行。

送走了呂緣海和周光，四人離開了會客室往回走，葉瑋珊和奇雅走在前面低聲討論著，沈洛年和懷眞走在後面，倒是無話可說。兩人沉默地走了一段距離，懷眞突然湊到沈洛年耳旁低聲說：「還不承認總在偷看瑋珊。」

沈洛年剛剛果然正看著葉瑋珊婀娜的背影，被懷眞這麼一說，不禁有點惱羞成怒地說：「要妳管。」

「哼，凶巴巴！」懷眞對沈洛年扮了一個鬼臉。

沈洛年見狀，倒覺得好笑，想想嘆了一口氣說：「現在只有少數人能看，眞慘，還是以前好……」

懷眞輕笑說：「你喜歡看她，就代表對她有意思啊，幹嘛不搶過來？還老是怕我破壞他們倆？」

「神經病。」沈洛年哼聲說：「我有意思的多得很，每個都要搶過來嗎？」

「眞的很多嗎？」懷眞有興趣地湊近說：「還有誰？」

「不告訴妳。」沈洛年推開懷眞說。

「快告訴我。」懷眞抓著沈洛年的手嚷。

「別抓！」沈洛年甩著手。

兩人正在推擠，突然發現前方兩人停下轉頭，正有點尷尬地看著自己二人，沈洛年連忙把懷眞推遠點，一面乾笑說：「怎麼了？」

「想跟懷眞姊說件事。」葉瑋珊微笑說：「我和奇雅決定了，我練炎，她練凍。」

「喔？」懷眞微笑說：「打算練不一樣的嗎？也好啊。」

「我們是這樣想……」葉瑋珊說：「如果眞有強大的敵人，需要合力攻擊時，我們只要有足夠的默契，該可以分別攻擊不同的位置，就可以達到聯手的目的了。」

「這麼說也沒錯啦。」懷眞說：「但有時還是難免消融掉一些喔。」

「嗯。」葉瑋珊點了點頭，微笑說：「接下來我和奇雅就要開始存了，每天不斷這樣引炁，也會挺累的。」

「嗯，要適可而止。」懷眞笑說：「不然太耗精神，會老很快喔。」

「會老？」這可不能當作開玩笑，哪個女人不怕老？葉瑋珊和奇雅對視一眼，臉上都露出了有點驚慌的表情。

「不想老的話，就多融合一點妖質吧。」懷眞說：「妖質納入越多，仙化越徹底，老得就慢了，炁息也會變強。」

「懷眞姊，小聲點。」葉瑋珊四面望望沒人，才接著低聲說：「可是，我們推不進去了呢，內聚型的才能吸。」

「就算學會螺旋法，也推不進去。」奇雅跟著說。

懷眞回頭望了沈洛年一眼，透出一股掙扎的氣味，似乎不知該不該說，沈洛年好笑地說：「會就教人家吧。」

懷眞白了沈洛年一眼，回頭看著葉瑋珊和奇雅說：「妳們以後不會欺負洛年吧？」

葉瑋珊一愣間，奇雅已經睜大眼說：「當然不會。」

葉瑋珊跟著忍笑說：「懷眞姊怎麼這麼問……一直都是洛年欺負我們吧？」

「好像眞是這樣喔。」懷眞咯咯笑著，連奇雅都忍不住露出一絲笑意。

這是什麼話？我哪時候欺負過人？沈洛年不禁猛翻白眼。

「那我有個條件。」懷眞嘻嘻笑說：「妳們兩個各親洛年臉頰一下，我才教妳們。」

兩人聽到這話都是一呆，葉瑋珊臉龐飛紅，低呼一聲說：「懷眞姊！」

「懷眞姊是開玩笑吧？」奇雅則是一臉愕然，那可是妳的男友耶，天下有女人這麼大方嗎？

「別鬧了妳！」沈洛年也在瞪眼。

「很好玩啊。」懷眞笑說：「親一下又不會怎樣，我天天都在親。」

「去妳的！」這話也能說嗎？沈洛年看葉瑋珊紅著臉低下頭，忍不住有幾分火氣地說：「再鬧晚上事情結束之後不幫妳抓了，三八懷眞！」

「居然罵我！你答應幫我抓抓了不可以反悔。」懷眞跺足說：「臭小子！眞是開不起玩笑。」

晚上？事情結束？抓？這些是說什麼？奇雅和葉瑋珊對看一眼，誰也不敢問，這下連奇雅的臉都帶著一層薄紅，葉瑋珊更是整張臉一片酡紅，不知道該不該轉身就走。

懷眞一回頭，看兩女的模樣，忍不住嘻嘻笑說：「好啦，跟妳們說就是了，推確實比吸難，但那只是推力不夠大……妳們倆都懂得開門了，還要我教嗎？」

眞是一語點醒夢中人！只要把炁息存在玄界，累積到一個程度再運用，就會有足夠的推動力了！而且吸收更多妖質之後，還能使能儲存的炁息更強大。葉瑋珊忘了害臊，驚呼一聲說：「原來如此。」

「如果這樣的話……」奇雅也睜大眼睛，沉吟說：「就不能把所有引來的炁息都拿去和玄靈交換，得先存一些。」

「嗯，這就是選擇這種轉仙法的修道者要傷腦筋的地方啦。」懷眞笑說：「先吸收妖質，咒術會暫時無法提升，但是先提升咒術強度，炁息的成長幅度又會有限，久而久之又會吃虧，怎麼做最好，每個人想法都不同，自己斟酌吧。」

看樣子先把那五十公升妖質吸掉一些好了？省得搬來搬去麻煩……葉瑋珊和奇雅兩人正在沉思，沈洛年突然說：「瑋珊。」

「嗯？」葉瑋珊抬起頭，還微微泛紅的清麗臉龐，望著沈洛年微笑。

沈洛年避開葉瑋珊的目光說：「晚上，大家一起出去吃飯，然後玩玩，晚點回來吧。」

這實在不像沈洛年會說的話，葉瑋珊和奇雅都是一呆，望著沈洛年說不出話來，沈洛年見狀說：「怎麼？」

「怎麼……又有興致出去玩？」葉瑋珊詫異地說：「昨天才出事……而且我們這幾天應該用功一點的。」

看來不說清楚不行，沈洛年頓了一下，低聲說：「我和懷眞剛把何昌南的鎖解開了，晚上他們應該會逃跑，我們避出去，省得被牽連。」

「何昌南……你說共聯的人？你為什麼會……」葉瑋珊先一愣，旋即板起臉，生氣地說：「一心逼你的，對不對？」

「和一心無關。」沈洛年說：「本來就是我害他們被抓的，救他們也是合情合理。」

葉瑋珊和奇雅一愣，兩人眉頭都皺了起來，看著沈洛年不吭聲。

媽的，這兩人臉上那副表情，分明也是寫著——「你什麼時候變成好人了？」只不過不敢像懷真一樣直接說出口……沈洛年搖搖頭，沒好氣地說：「反正就是這樣啦，今晚先休息一段時間，明後天再用功吧。」

葉瑋珊這才說：「我知道了，那晚上就出去走走吧。」

「嗯，我也去練習。」沈洛年微微一笑，拉著懷真走了。

一面走，懷真一面扯著沈洛年偷問：「幹嘛不說實話？明明是一心求你的。」

「這樣比較簡單。」沈洛年說。

「不懂！」懷真皺著眉頭說：「一定有問題。」

「妳別管啦。」沈洛年掙開懷真的手說：「我繼續練跑步。」一面往外飄身。

懷真見沈洛年說走就走，先罵了句：「小氣鬼！」但見沈洛年飄遠，她卻又搖頭笑了起來，當下飄到附近的屋頂，遠遠隨著沈洛年移動。

□

當晚，共聯的百餘人逃出營區，還打昏了好幾個守衛，果然是天下大亂。次日周光又來找沈洛年幫忙，沈洛年和懷眞也就眞的又去逛了一次，若那些人不知死活地留下，再被抓也怪不得人。

三日過去，眾人照著計畫，從營區不遠的軍港上船，船上主要是來支援的道武門各宗派，還有一些日韓的變體部隊，數千人搭乘著一艘運輸艦，加上兩艘護衛艦，組成船隊往噩盡島移動，準備補充總門移出的軍力。

船隻速度不比直升機，到次日清晨，船隊才逐漸接近噩盡島，這時天還沒亮，大部分的人們都在船艙中入眠。

也一樣躺在窄床上睡覺的沈洛年，卻突然被一種不大熟悉的感覺驚醒，他起身四面看了看，這時房間中其他人都仍在睡覺，只有門口上端一個小夜燈亮著，沈洛年想了想，裝束妥當，走出寢房，往甲板上走去。

這時間甲板上人很少，沈洛年靠著船沿，遠遠望著噩盡島的方向，此時已可遙見噩盡島中央山峰在海平面上出現，只不過天色未亮，朦朦朧朧的看不清楚。

就這麼過了一段時間，沈洛年突然聽見身後不遠傳來一聲熟悉的輕咦，他回過頭，見提著大刀、穿著短袖長褲運動服的吳配睿，正詫異地看著自己。

倒是挺久沒和這小妹妹單獨說話了，沈洛年對她點了點頭說：「小睿？這麼早？」

「我習慣早起，上來練刀。」吳配睿訝然走近說：「洛年不是都睡很晚嗎？」

我也才晚起那一天而已……沈洛年白了吳配睿一眼，不回答這句話，只看著噩盡島那端說：「這氣氛不大對。」

「怎麼了？」吳配睿問。

「道息太濃了。」沈洛年說：「怪了，才離開不到一星期，怎會變這樣？」

吳配睿等人早已經知道沈洛年可以觀察道息，此時聽到沈洛年這麼說，吳配睿訝異地說：「有危險嗎？」

沈洛年點點頭說：「之前島中央的妖怪，現在可以到處跑了。」以這種濃度來看的話，畢方、窮奇那些妖獸，整座島亂跑都沒問題，現在島上豈不是亂成一片？堡壘那兒怎麼支持得下去？總門不是利用息壤丘控制著道息嗎，怎麼似乎有點失控的感覺？

「那怎辦？」吳配睿大吃一驚。

「不知道。」沈洛年說：「等近一點之後，看看狀況……咦？船停了？」

果然船隊不知道爲什麼突然慢了下來，漸漸聚在一起，而遠處噩盡島外圍的大小船隻，似乎正緩緩往外退。

「好奇怪喔！」吳配睿訝異地說。

「嗯……」沈洛年看著那方說：「現在瀰漫的範圍不只島外一公里，有些強大的妖怪已經飛出島了，所以那些船隻開始往後退，我們停下大概也是一樣的原因。」

「哇。」吳配睿張大嘴巴說：「要去叫大家起床嗎？」

「算了，看這狀況，沒這麼快上島。」沈洛年遙望著那端說：「讓大家睡飽吧。」

「喔，那我練刀。」吳配睿離開幾步，開始揮砍起大刀。

沈洛年看看那兒沒有別的變化，轉回頭看著吳配睿練功夫，吳配睿練著練著，突然說：「洛年。」

「嗯？」

「我下星期三生日喔。」吳配睿說：「要送我什麼？」

「呃？」沈洛年皺眉說：「祝妳生日快樂？」

「不行！」吳配睿身子一轉，刀身倏然凝停在沈洛年面前，她得意地說：「一定要有禮物！」

「新的鏡子？」沈洛年說。

「那個到時候大家都有，不行！」吳配睿繼續揮動大刀。

「囉唆。」沈洛年哼聲說：「那我不送妳鏡子了。」

「哎喲！」吳配睿跳了起來，咬著唇嚷：「壞蛋，人家要禮物啦。」

「別耍賴。」沈洛年好笑地說。

吳配睿瞪了沈洛年一眼，又回頭繼續練功夫，過了片刻，突然又說：「我前天晚上和無敵大吵架，兩天沒說話了。」

「嗄？」沈洛年一呆說：「他不是一直很照顧妳嗎？」

「是啊……」吳配睿微微皺眉說：「怎辦？」

「什麼怎辦？」沈洛年搞不懂這句話的意思，想了想才說：「宗儒做事、說話都挺謹慎，不大可能犯下大錯吧？」

「嗯……」吳配睿眉頭皺更緊了。

「就算不小心做錯事，只要跟他說，他也會道歉吧？」沈洛年又說。

吳配睿卻不回答了，只嘟著嘴。

「所以其實是妳的錯嗎？」沈洛年好笑地問。

「不知道！」吳配睿悶悶地說。

「是妳的錯就去道歉啊。」沈洛年說。

「不要。」吳配睿嘟著嘴說。

「拉倒，最好他從此不理妳。」沈洛年幸災樂禍地說：「錯了不道歉，難道沒錯的人反而要來跟妳道歉？眞以爲自己是寶啊？」

「哼！你是壞蛋。」吳配睿大刀越揮越用力，似乎在發洩著心中怒氣。

沈洛年看了片刻才說：「爲什麼事吵架？」

吳配睿沒說話，又揮了好幾刀之後，才說：「因爲你。」

「嗄？」沈洛年一呆。

「因爲你啊。」吳配睿停下大刀，轉身說：「我在說妳和懷眞姊的事情，說來說去他就突然生氣了，叫我別亂猜！我就不高興啦，爲什麼不可以猜？和他吵幾句他就不理我走了。」

沈洛年呆了半天才說：「媽的，妳有夠無聊。」

「討厭啦！你怎麼老是罵我。」吳配睿憤憤地嚷：「是他不理我耶！」

「怎麼了？誰不理小睿？」兩人身後突然傳來葉瑋珊的聲音。

沈洛年瞄了葉瑋珊一眼說：「小睿她……」

「別說、別說。」吳配睿忙叫。

沈洛年卻不理會，接著說：「……和宗儒吵架。」

「叫你別說了，洛年最討厭！」吳配睿轉頭對葉瑋珊說：「瑋珊姊，沒事啦。」

葉瑋珊也已經裝束整齊，她穿著件乳白色薄外套，配上咖啡色短裙和軟布鞋，手中拿著杯冒著熱氣的奶類飲品，微側著頭說：「我昨天也覺得你們倆怪怪的，原來是吵架……怎麼吵架了呢？」

「就……就吵架了啊。」吳配睿低著頭說。

「沒關係啦。」沈洛年說：「去找他聊開就沒事了。」

「爲什麼要我去找他，不是他來找我？」吳配睿氣呼呼地說。

「小睿，宗儒最後說什麼？」葉瑋珊微笑問。

「他？」吳配睿氣呼呼地說：「沒說什麼就走了。」

「那妳最後說什麼？」葉瑋珊又說。

「我……」吳配睿停了片刻才嘟著嘴說：「我叫他以後別跟我說話……哎喲，那時候我在生氣嘛……人家只是說說，哪有這麼小氣的？」

「妳趕跑別人，還要等人家先找妳？」沈洛年哈哈大笑：「讓妳再趕一次嗎？」

葉瑋珊莞爾一笑說：「小睿……」

「知道了啦！」吳配睿皺眉說：「我去找他！」跟著一轉頭，往船艙中跑。

看著吳配睿那一蹦一蹦的馬尾鑽入船艙，葉瑋珊望著沈洛年一笑，跟著轉頭望著海面，有點迷惑地說：「船停了？」

「嗯。」沈洛年把自己的判斷簡略地對葉瑋珊說了一遍，最後加了一句：「這種狀況下，現在島中央不知道會冒出什麼樣的妖怪，恐怕人類沒法對付。」

「這可有點麻煩了。」葉瑋珊望著噩盡島說：「還好妖怪被限制在島上……」

葉瑋珊說完，轉過頭看著沈洛年，突然說：「我們很久沒有單獨相處了。」

沈洛年瞄了葉瑋珊一眼，點點頭說：「對啊。」

葉瑋珊想了想，咬唇走近了點，低聲說：「共聯的事情……一心招供了，他有去煩你。」

那個笨蛋，明明告訴他要保密的……沈洛年說：「我也沒答應他，是後來想想自己想去的。」

「你何必這麼說……」葉瑋珊微蹙著眉說：「是怕我生他的氣嗎？我不懂你在想什麼。」

「跟妳無關啦。」沈洛年望著噩盡島的方位說。

葉瑋珊卻彷彿沒聽見，低聲說：「除非是因為……你不願意看到我傷心？」

沈洛年心中一震，轉頭看著葉瑋珊，卻見她也正轉過頭望著自己，兩人目光相對著，一時誰也說不出話來。

ISLAND

另外一種生活

沉默了好片刻，葉瑋珊終於低下頭，低聲說：「我已經有了一心，你……你也有懷眞姊……」

「嗯……我知道。」藏在心底深處以爲沒人知道的念頭，一下子被掀了出來，沈洛年這一瞬間有點茫茫然，也不大清楚自己在說什麼。

「別……別再對我這麼好了。」葉瑋珊咬著唇說：「否則那晚……你就不該逼一心來找我，自己卻選擇離開，我那時本來已經……已經決定……」

沈洛年低聲說：「決定怎麼？」

「別問了。」葉瑋珊紅著眼眶，難過地說：「現在還說什麼？」

沈洛年腦門熱血一沖，情感爆發出來，突然轉身摟住了葉瑋珊，葉瑋珊一驚，手上的杯子翻落地面，灑了一地，她伸手想推開沈洛年，又渾身發軟推之不動，還不知該不該叫，下一刹那小口已被沈洛年用唇封住。

連賴一心都沒這樣做過，第一次和異性這般貼近的葉瑋珊，被那柔軟溫熱的壓迫感覺，一瞬間挑起了壓抑的情緒，她也不知道這叫什麼感覺，只覺得心跳加快，腦海一陣迷惘，那兩片不知爲誰而紅艷的薄唇，突然變得十分敏感，彷彿全身的神經都集中到了那兒，軀體其他部位似乎都不存在了，連那本來還在抵抗的雙手，也不由自主地放鬆垂下。

沈洛年將葉瑋珊壓迫在船側，兩人身子緊貼，漸漸全身都熱了起來，好片刻之後，他才慢慢離開了葉瑋珊的唇，粗重地呼吸著，不知該不該繼續下去。

葉瑋珊緩緩張開眼睛，和沈洛年那熱情的目光相對的一瞬間，她吃了一驚回過神，猛地一把推開了沈洛年，跟著她左手掩著自己的唇，右掌卻往外一揮，給了沈洛年一巴掌，啪地一聲清脆響聲遠遠傳了出去，一些也在甲板上早起活動身體的人，不禁詫異地轉頭望了過來。

這一巴掌，把沈洛年打回了神，他退了兩步，看著葉瑋珊憤怒的目光，心一涼，嘆口氣轉身要走，但走出沒兩步，身後卻傳來葉瑋珊的叫聲：「站住！」

沈洛年回過頭，兩人目光相對片刻，葉瑋珊憤怒的神態逐漸轉爲憐憫，她終於輕咬著唇，低聲說：「痛不痛？」

沈洛年摸了摸左臉，搖搖頭，這時只有種熱辣辣的感覺，倒不覺得痛，原息一運轉，也不怎麼辣了。

「我不該打你……」葉瑋珊低聲說：「可是……你怎麼可以這樣？」

沈洛年緊皺著眉頭說：「妳打得沒錯，我是混帳。」

「洛年。」葉瑋珊停了幾秒，輕聲說：「剛剛的事情……我們就當沒發生過。」

不然還能怎辦？沈洛年微微點頭，嗯了一聲。

兩人沉默了片刻，都覺得有點尷尬，葉瑋珊想著想著，忍不住有點埋怨地說：「一心都沒吻過我。」

只有妳是初吻嗎？沈洛年沒好氣地說：「我也沒吻過別人啊。」

「胡扯。」葉瑋珊生氣地說：「懷眞姊呢？」

那狐狸根本不是人，而且都是她舔自己，自己可沒吻過她……不過這時辯這些也沒意義，沈洛年搖搖頭不說了。

「如果先不管懷眞姊的事……」葉瑋珊低聲說：「前一段時間，我對你……確實有點心動，但是我眞心喜歡、放不下的，一直是一心，所以……」說到這兒，葉瑋珊似乎覺得不好措辭，又停了下來。

「我很清楚。」沈洛年緩緩說：「所以我知道他去救人妳會傷心，我去妳不會，因爲妳眞正在意的是他。」

葉瑋珊早已想到這一點，但聽到沈洛年親自說出口，仍不禁心一疼，忍不住輕輕握住沈洛年的手說：「洛年……對不起。」

「別再碰我了，我們以後離遠點。」沈洛年抽開手，退開兩步憤憤地說：「媽的，小心下次我忍不住強暴妳。」

這人……這種話居然也說得出來？葉瑋珊聽到這種匪夷所思的話，按理本該生氣，卻不知爲什麼只想笑，正忍不住笑瞪著沈洛年的時候，這一瞬間，噩盡島那方位突然轟然一聲炸響；兩人一驚同時轉頭，卻見噩盡島的山脈頂端，一大片黑色塵煙往空中揚起，炸出一片黑雲。

「怎麼回事？有強大的妖怪嗎？」葉瑋珊一驚，詫異地問。

「不是。」沈洛年也很意外，望著那兒搖頭說：「雖然有不少強大妖炁，但沒有誰特別把妖炁外散啊。」

兩句話剛說完，又是一連串強烈的爆炸聲，彷彿噩盡島上有人放了無數的炸彈，一組接一組地點燃，炸得大片黑煙漫起，泥沙亂飛，跟著又彷彿一片黑色泥瀑般往四面八方落下，不過幾秒鐘的時間，前方只見泥霧，根本看不清噩盡島的模樣。

隨著一直沒停歇的爆炸聲，眼前那片黑霧越來越大，被響聲驚起的人們紛紛奔上甲板，整片甲板亂哄哄的，各宗派都在集合，白宗眾人很快聚在一起，懷眞也找到了沈洛年，眾人都看著那籠罩整片大海還不斷擴大的黑雲發愣。

「怎麼回事啊？」在不斷的爆炸聲中，沈洛年對著懷眞嚷。

「不知道啊。」懷眞也很迷惑，望著那方向說：「越來越近了。」

這時已經有些小細沙在空中飛揚飄落，每個人都把手放在眉上遮著，以免飛沙落到眼中。

而且不只泥塵籠罩的範圍越來越大，大範圍泥沙不斷從高空撒落海中，激起的海浪也越來越強，船的搖動也跟著變大，眾人正議論紛紛，船隊突然一動，同時轉向往外駛。

船上誰也沒質疑這個動作，畢竟眼前似乎不大對勁，離遠點比較妥當，只不過眾人紛紛從船頭奔到船尾，繼續看著那兒的狀態。

慢慢地，落下的沙土越來越多、越來越密，大家都在想辦法躲，不少人開始往船艙內跑，但又不願躲到看不到的地方，艙門口一下子擠了一堆人，來不及擠過去的，轉眼滿頭都是灰。

「靠！滿頭泥巴，誰有帶傘？」瑪蓮一面搖頭亂甩一面罵。

「誰會帶傘啊？拿衣服擋一下吧。」一樣滿頭土的張志文，從背包中拉出一件棉衫說：「阿姊的衣服都太小件了，這件拿去用？」

「謝了、謝了。」瑪蓮一把搶過，把那衣服胡亂包在腦袋上。

葉瑋珊突然輕喊了一聲：「洛年。」

這時一亂，剛剛那份尷尬早已經扔到一邊，沈洛年剛把血飲袍拉起蓋在頭上，一面把躲到袍裡蹲著的懷眞往外趕，正忙的時候，聽到葉瑋珊的喊聲，轉頭說：「怎麼？」

葉瑋珊說：「你說過，道息太濃的時候洛年之鏡會爆炸？然後會失去吸引道息的能力？」

突然問這做什麼？沈洛年點頭說：「對。」

「那……」葉瑋珊望向那片黑雲說：「一般的息壤呢？」

「呃？」沈洛年一呆，說不出話來，也把目光望向正翻騰爆散的噩盡島。

眾人這一瞬間，心中不由得都是一寒，難道因為道息太濃，噩盡島上息壤正在爆炸？之後集中道息能力也將消失？這下……豈不是會天下大亂？

現在已經沒有人看得清楚噩盡島，浮在空中的黑雲也越來越寬，船隻雖全速地往東航行，但後方的黑雲風暴似乎正以更快的速度追來，那黑雲也許只是無盡的塵泥灰沙，被追上了也未必有什麼關係，但還是讓人有很沉重的壓力。

眾人身上、臉上都已經蓋了一層薄灰，沈洛年自然也是，不過很奇怪的，他那件血飲袍依然亮麗如新，在這場合中看來十分岔眼。

「噩盡島上的道息，若是散出來……」葉瑋珊沉吟說：「這世界會變得怎樣？」

「不只噩盡島上的道息散出來喔。」躲在沈洛年衣袍下蹲著的懷眞，探頭出來說：「還有小息壤丘啊，可能也都在爆。」說完又把頭縮了回去。

「小息壤丘？那是什麼？」黃宗儒問。

葉瑋珊稍微解釋了一下，跟著說：「這是懷眞姊先發現，才讓呂部長承認的。」

「懷眞姊怎麼發現的？」黃宗儒詫異地望著沈洛年。

「妳自己出來說。」沈洛年用膝蓋輕推了懷眞一下。

「不要，外面有土，衣服會髒。」懷眞躲得更裡面了。

「嘖。」沈洛年只好對眾人說：「我們上次離島的時候，懷眞似乎就感覺到世界各處多了很多小型的息壤丘，道息分布很不正常。」

「懷眞姊……感覺……世界？」葉瑋珊也不知此事，愕然問。

「反正就是這樣，其實她才是怪胎。」沈洛年又輕踢了懷眞一下，但這次大腿卻被懷眞在袍下咬了一口，痛得沈洛年直皺眉。

白宗眾人這下議論紛紛，討論起總門製作小型息壤丘的事情，葉瑋珊一面皺眉說：「怪了，既然有許多這種土丘幫忙凝聚道息，爲什麼還會讓道息太濃？甚至爆炸？」

「不知道。」沈洛年搖搖頭。

葉瑋珊正沉吟著，突然黑雲那端爆出一聲強烈的巨響，黑雲陡然膨脹拔高數倍，更以高速往外擴張，眾人才一呆，整艘船隊已經籠罩在那片黑雲之中，啪嗒啪嗒的沙泥不斷灑下，眼前一片迷濛，根本看不清楚。

眾人還沒來得及反應，突然有種古怪的嘩啦啦響聲，從噩盡島那個方位不斷接近，混著泥沙的海風也跟著變大。在一片黑霧中，眾人紛紛轉頭望著那端，卻聽懷眞輕呼一聲，透出頭說：「不大對勁，大家小心啊！」

眾人正發愣，卻見黑雲中一片高大的黑影壓來，竟是一道數十公尺高的如山巨浪，浪還沒壓到船身，船尾已經開始浮起，隨著傾斜角度變大，船上立刻傳來一片驚呼聲。

這一瞬間，賴一心大聲說：「集合、結陣！」

眾人聽到這聲呼喊，反射性地聚集了過來，賴一心炁息爆起，銀槍上騰起碧綠龍焰，他將長槍一把穿入厚實的金屬甲板內，抓著說：「小睿學我，宗儒、奇雅炁牆結合，大家抓著。」

有默契的團隊，話不用說得很清楚，彼此一看動作就明白意思，隨著賴一心的指令，吳配睿大刀爆起赤焰，一樣倒穿插入甲板，跟著紫色和綠色重疊而起的弧形護罩，倏然漲起，把眾人團團包裹了起來。

這兩道炁牆下端緊抓甲板，上方則凝聚在兩支長武器尾端，包成一個密不透風的炁罩，除了和整個炁牆結合的黃宗儒之外，每個人都抓著槍尾或刀尾，凝定著身子。

大夥兒剛站定，船尾猛然翻起，巨浪壓來，船隻騰上空中，又高速落下，一大片海浪隨著狂風沖刷而來，無數驚呼慘叫響起，在一片漆黑中，周圍人們慘號亂滾，風聲、浪聲和落海時的慘叫聲此起彼落。跟著突然一連串爆響炸起，在伸手不見五指的黑霧中，火光忽閃忽沒，熱浪、海浪輪番向著閃著碧紫光焰的炁牆衝來。

海浪的力量雖大，但一波波打來，卻也撞不散這一柔一剛兩層結合的炁牆，但那巨浪似乎還不只一波，竟是一道又一道無窮無盡地衝來，翻得人好生難受。

這時船隊早已經被衝散，船上數千人上上下下地隨浪摔滾，船隻同時被巨浪推著高速往外湧，不知道過了多久，突然天上黑雲一散，竟是被海浪送出了黑雲區，但周圍仍是狂風巨浪，不斷翻騰。

又過了許久，船隻終於緩緩停下，但海中大浪仍不斷翻騰，推得船隻搖晃不停。

沒事了嗎？眾人抬頭四顧，見那層蓋住半個天際的黑雲，似乎正緩緩回縮，除此之外，海面上只有孤伶伶的這艘船，而船上竟是一片死寂，只見空蕩蕩的甲板上大灘海水正往四面流洩，船身滿目瘡痍，船體也傾斜著，不知道什麼時候會沉下去。

「收陣吧。」賴一心拔起插在甲板中的銀槍。

眾人往外走開幾步，四面張望，侯添良詫異地說：「人都死光了嗎？」

「底下還有不少活人。」懷眞說。

葉瑋珊跟著點點頭，她感應到船艙中仍有不少炁息，不過剛剛聚在甲板上的大多數人，恐怕是凶多吉少。

「爲什麼船會變這樣？」吳配睿詫異地說。

「道息……恐怕是彌漫全世界了。」葉瑋珊頓了頓說：「所以船上的燃油、武器都爆炸了……」

以後……眞的得過另外一種生活方式了嗎？眾人這一瞬間，都愣在那兒。

這時一群濕淋淋的男女紛紛擠出艙口，看來船艙中已經浸水，他們看到葉瑋珊等人，也只是吃驚地看了一眼，隨即往船尾奔，同時船身突然一晃，似乎正要往下落。

葉瑋珊一驚，忙說：「大家東西都有帶著嗎？快上救生艇。」

這次上噩盡島眾人力求輕便，帶的東西都不多，加上寢房也不只有自己人，所以幾乎都隨身帶著家當，此時眾人眼見不對，跟著往後奔，還好這運輸艦本就是打算送人上噩盡島，船側懸掛的大型充氣艇十分多，現在才不過擠出數百人，救生艇還沒被搶光。

這種大型氣筏足可容納近四十人，但大夥兒誰也沒管這麼多，通常三、五人就擠上一艘往外划，一下子數百艘氣筏漂在海上。隨著那運輸艦逐漸下沉，後面才逃出來的人紛紛跳入水中，往人少的救生艇游去。

不久後，躍下海面的人越來越多，運輸艦也終於沉入海中，跟著轟然一聲，一道氣浪炸出，帶出一股下旋的漩渦，一些離船太慢的，就這麼被扯入海中。

隨著海浪拍打，氣筏上下漂浮著往外散，白宗眾人佔的氣筏正不斷拉起在海中漂浮的人上船，賴一心一面對其他的氣筏喊：「喂！……靠過來接人啊！大家把船綁在一起吧？」

雖然不少人聽到賴一心的叫喊，卻沒人願意理會，尤其人少的船，更急急忙忙地划著船往外走，似乎想早點離開這個地方。

「怎麼回事？」賴一心詫異地說：「大家在趕什麼？還有很多人沒上船呢。」

「我們也快走吧。」一個剛爬上船，在旁頹喪坐著的青年說：「船上預備的緊急糧水不夠多少人吃。」

「是啊，快走吧。」另外有人拿起了綁在船側的塑膠槳，一面划一面說：「道息瀰漫世間，也不可能有援救了，我們得靠自己找到陸地。」

「等等，那邊還有兩個往這兒游，讓他們上船。」賴一心看著喊。

「快走，會有別人救他們的。」另外又有人喊：「我們船上已二十多個人了。」

「不行啊。」賴一心說：「其他船都跑光了。」

「救命啊！」那邊的人狂喊。

「快走、快走。」幾個人紛紛拿著槳往外划。

「咦？你們怎麼這樣？」賴一心不禁一呆，不知該怎麼說服這些人。

「靠！給老娘停下！」瑪蓮炁息一迸，揮著熾焰亂滾的厚背刀罵：「再動槳的小心被我踢下船！」

白宗眾人吸納妖質的量已經不少，再加上洛年之鏡的加持，現在體內存有的炁息強度遠多於一般變體者，而且這些人剛剛在船艙中忍受著天搖地動的翻滾、水浸，早已經乏力，看瑪蓮這麼一發威，眾人還真不敢動了。

奇雅突然說：「是李宗的。」

眾人一怔，目光轉過，果然是李宗那兩父子——李歐和李翰，兩人正一面喊一面往這兒游，他們炁息雖存，卻已經沒剩多少，連游泳的速度都快不起來。

聽到是李宗，葉瑋珊不禁微微一怔，卻見眾人都看著自己，葉瑋珊皺眉說：「看什麼？救人啊。」

她這一說，賴一心露出開心的表情，回頭喊：「往那兒划！去救人。」

還要划啊？那些剛剛才被喝止的一呆，卻見瑪蓮又瞪了過來，幾個人只好認命地划槳，向著那方迎去。

李歐、李翰兩父子萬萬沒想到居然是被白宗救了起來，兩人被賴一心從水中提起，一面道謝，一面不禁偷瞄著葉瑋珊。

葉瑋珊卻別過頭，故意不看著他們倆，兩人也不敢自討沒趣，找個地方坐下不吭聲。

「要不要一起啊？綁在一起比較安全啊。」賴一心還在對外喊，但其他的船卻紛紛往外划，似乎沒興趣。

「小兄弟。」一個中年人嘆口氣說：「我們這船上人最多，誰想和我們連在一起？」

「喔？海浪這麼大，船綁一起比較穩啊。」賴一心詫異地回頭。

「如果是等待援助的話，綁在一起確實比較好。」另有一個人悶聲說：「現在船和飛機都沒法開來這兒了，只能靠自己划，人太多的船，撐不了幾天的。」他似乎是比較早上船的人，對這艘船最後居然變成三十人左右，大感不滿。

「該往哪兒划啊？」拿著槳的四人，一面亂划一面問：「誰要用外炁推一下啊？」

「最近的還是夏威夷吧？」有人說：「應該是東邊。」

另外也有人懶洋洋地說：「還不知道多遠呢，外炁推不久，輪著划吧。」

「來分組吧！」賴一心精神很好，大聲說：「炁息不夠的，別呆著，快點引炁，除了我們白宗以外，還有專修派的嗎？」

見沒人回答，賴一心接著說：「既然都是兼修的，準備輪流以炁推船，四支槳交給專修的內聚型輪流划……夏威夷不過就是千公里遠啊，大家輪班一下，頂多兩、三天就會到了，不用擔心吃的不夠，這就是人多的好處啊。」

「我的武器丟了。」一個青年尷尬地說：「發不了外炁。」

「我也是。」有人開了口，另外好幾個人跟著說。

「那就排到划槳組。」賴一心馬上說。

「快也沒用。」有人皺眉說：「海上航行重點是方位，現在只能跟著前面划的人，除非有人知道夏威夷群島的正確方向？」

事實上確實誰也搞不清楚，剛剛那陣大浪，不知道把人捲出了多遠，日出的方向雖然大略是東方，但實際上仍有差異，在大海上，稍微偏離一點角度，結果可能就是天差地遠，正所謂失之毫釐、差之千里。

賴一心一怔，看著周圍的船卻也說不出話來，雖然大致上是往東，但每艘的方位都有微妙的不同，似乎誰也搞不清楚正確的方向，每個人都跟著划最快的船走，而最快的船上只有三個人，衝在最前面，也不知道是懂得判斷方向，還是怕人搶他們的食糧。

「夏威夷……」懷眞看著沈洛年說：「前幾天住的那個小島對吧？」

「嗯？」沈洛年一怔說：「妳知道方向嗎？」

「那兒啊。」懷眞隨手一指，向著船頭的左前方比。

「懷眞姊知道方位？」賴一心聽到兩人對話，馬上說：「懷眞姊負責掌舵！」

哪有舵？懷眞一怔，隨即笑說：「這樣嗎？」跟著她微微一揮手，外炁一湧，船頭輕飄飄地往左側一擺，對準了她剛剛指的方向。

「妳怎麼判斷的？」有個中年人懷疑地看著懷眞：「不是亂說的吧？」

「是眞的喔。」懷眞一笑說：「就在那兒。」

反正沒人知道正確方向，也只好相信懷眞的指示。賴一心高興地說：「快吧，分組吧，哪些人排第一班？」

眾人面面相覷，誰也沒應聲。

賴一心見狀，笑說：「不然白宗先來好了？」

「維持穩定速度比忽快忽慢好，我們的人別同時上，一心，我來排吧……」葉瑋珊回頭對眾人說：「我們分划槳和外炁兩組，各分成三班輪流，武器還帶著的請舉手……」

賴一心自知這方面遠不如葉瑋珊，呵呵一笑，不再管這件事情，站到船頭，大聲對外面嚷：「喂——欸——往夏威夷，這方向才對啊！」聲音在海面遠遠傳了出去。

這聲喊，似乎造成了一些紛亂，有些船不予理會，有些考慮片刻之後，還眞的轉頭跟著這方向划來，隨著賴一心喊個不停，片刻之後，一大半都轉往這邊走。

「別喊了。」葉瑋珊已經排好班表，一面皺眉說：「有些船人太少，一段時間以後跟不上我們。」

「跟不上？」賴一心一驚說：「要不要等他們過來綁一起？」

「沒用的。」葉瑋珊說：「他們反而會以爲我們要搶吃的，你沒看每艘船都故意距離這麼遠。」

「我問問看。」賴一心回頭大喊：「過來一起走喔，否則會被甩掉喔。」但正如葉瑋珊所料，沒有一艘船理會賴一心。

「不行耶。」賴一心爲難地說：「要不要划慢一點，等等他們？」

「我們的食物不足，不能等。」葉瑋珊搖頭說：「他們船上只有三、五個人，就是爲了可以多吃幾天，別管他們了，只要大方向沒搞錯，還是能到吧……」

賴一心雖然有些爲難，但對方不肯來，總不能過去抓人過來，也只好罷了。

方向既然確定，眼前的問題解決了，眾人不由得都開始想之後的問題，世界現在道息瀰漫，代表著到處都可能會出妖，這一船上的人來自四面八方，每個人都在擔心自己故鄉的狀況。

白宗等人當然也是一樣，片刻後，除了正輪班推動氣筏的奇雅、張志文、吳配睿三人之外，白宗其他人都聚在船頭商議，黃宗儒正低聲問：「懷眞姊，當眞全世界都布滿道息了嗎？」雖然只有他開口發問，但眾人臉色都頗沉重。

「嗯。」懷眞點頭說：「不過有的地方稍微淡一點。」

「哪兒？」侯添良說：「懷眞姊，台灣那邊怎樣了？」這才是大多數人擔心的問題，畢竟眾人家人都在台灣，就算是瑪蓮、奇雅，也掛心著白玄藍夫妻，都想知道台灣的狀態，連沈洛年也不免稍微掛心自己叔叔。

「你們住的小島嗎？太遠了，不知道耶。」懷眞說：「道息淡的地方，就是原來有息壞的地方。」

「啊？」眾人一愣。

懷眞接著說：「最大的一塊就是原來噩盡島那兒，現在變很大一片土地，那兒道息最少，和過去剛好相反。」

「怎會這樣？完全顚倒了。」眾人詫異地說。

「息壤爆了之後，似乎就變成會排拒道息，對啦，那個讓人不能引炁的綁人衣服，一定是爆掉的息壞做的……」懷眞說到這兒，突然一驚說：「啊！這樣息壤不就都壞掉了嗎？怎麼做新的鏡子？」

「就別做了囉。」沈洛年說。

「怎麼這樣！」懷眞失望地說：「這息壤早不爆晚不爆，偏偏這時候爆。」

「對了，我們回夏威夷幹嘛？」瑪蓮突然睜大眼說：「如果船和飛機都不能用，到時候要回台灣，還是得往西走啊。」

「台灣比夏威夷遠多了，這船上的食水不能撐這麼久啊。」葉瑋珊說：「而且也不是人人都要去台灣。」

「對喔。」瑪蓮敲敲自己的頭，呵呵笑說：「這腦袋就是不靈光，多虧有瑋珊。」

「不，還好有懷眞姊在。」葉瑋珊望了懷眞一眼說：「不然這船上沒羅盤，我們也不擅航海，可麻煩了。」

「懷眞姊怎麼知道方位的啊？」賴一心好奇地問。

「自然就知道啦。」懷眞嘻嘻笑說。

這算什麼話？眾人相對苦笑，也不知道該怎麼問下去。

「我現在比較擔心的是……」葉瑋珊突然皺起眉頭說：「那些未拆的核彈，不知道有多少……」

眾人想到這件事，一時之間都沉默了下來，隔了片刻侯添良才開口說：「那個……我不大懂，台灣有核能電廠，那和核彈不一樣吧？不會爆吧？」

「現在的應該都不會吧。」葉瑋珊雖然成績不錯，可也沒怎麼研究核電廠，只搖搖頭說：「我也不是很清楚，不過聽說現在的核電廠，就算被人破壞，也不會像核彈一樣瞬間產生巨大能量，和過去發生過問題的核電廠不同。」

「那就好啦。」侯添良鬆一口氣說：「台灣反正沒核彈，該不會有事。」

「不是這麼說。」黃宗儒搖頭往空中看，遲疑地說：「若同時爆炸的核彈太多，影響的是全世界。」

眾人正煩惱的時候，身後突然傳來聲音：「抱歉……葉宗長、胡宗長，打擾一下。」

葉瑋珊一怔，轉過頭，卻見到李歐之子——李翰，正低著頭湊了過來，葉瑋珊雖然討厭李宗的人，但李翰過去對白宗還算挺和善、公道，而且二十多歲的李翰，長相方正、氣度沉穩，看起來並不惹人討厭，還曾和葉瑋珊一起去找過沈洛年，總算有點交情。

這人過去也是意氣風發、神采飛揚，怎知到了今日竟如此落魄？……葉瑋珊不想在這種時候給人臉色，只收起笑容說：「李先生，有事？」

「我想請教一下諸位。」李翰嘆了一口氣說：「如今世上是否已經充滿道息？」

「可能吧。」葉瑋珊自然不會幫懷眞和沈洛年洩底，目光一轉說：「我們也只能依現狀推斷，畢竟誰也無法眞的感受到道息。」

「我和父親也是這麼想，當船體燃油、爆藥等物爆炸之時，已經離噩盡島十分遠，不該是受噩盡島影響，只能推測噩盡島集中道息的能力已經失效了。」李翰頓了頓說：「回到夏威夷之後，諸位想必會回返台灣……我們李宗……恐怕只剩下父子二人存活，不知能否與諸位同行？」

明知道葉瑋珊討厭李宗，這不是自己來討罵嗎？眾人都看著葉瑋珊，不知她會如何發作。

葉瑋珊先看了遠遠低著頭、頗爲沮喪的李歐一眼，思索了幾秒之後，這才對李翰說：「就這麼辦吧。」

李翰似乎沒料到葉瑋珊這麼輕易就答應了，臉上再度露出神采，又意外又高興地說：「多謝葉宗長。」

「不用客氣。」葉瑋珊說。

「那麼不打擾了。」李翰微微一禮，退了開去。

「瑋珊妳不氣他們啦？」瑪蓮詫異地問。

葉瑋珊一怔，輕輕搖了搖頭說：「該怎麼說……我討厭李宗，但也沒到不共戴天的地步，若不管他們，只憑兩人大概回不了台灣……畢竟大家都來自同一個地方，他們也有親人……」

葉瑋珊說到這兒，停了下來，眾人也都明白了她的意思，畢竟不管彼此立場如何，擔心家人的心態都是一樣的，大家又來自同一個地方，總不好拒人於千里之外。

眾人沉默了片刻，突然聽到後方氣筏那兒傳來紛鬧聲，大夥兒紛紛轉頭，卻見幾艘氣筏上的人們，正對著西面指指點點，臉上都是驚恐的神色。

「怎麼了？」眾人紛紛詢問，卻沒人知道發生了什麼事情。

「似乎有妖怪。」沈洛年皺著眉，望著那端的海面，不是很有把握地說。

這時突然嘩啦啦一聲響，一條黃黑粗大的長形無鱗蛇般巨物，從某艘氣筏旁竄出海面，跟著又在數公尺外沉了下去，同時濺起了一大片水花，那傢伙看不出多長，但足有火車般粗細，似乎正繞著那艘氣筏游動。大夥兒看得清楚，不禁都發出了驚呼聲，那氣筏上的五人當然最驚慌，一個個拿起武器左顧右盼，一面對外呼救。

那是什麼？那東西一口咬來還得了？眾人正緊張的同時，沈洛年正詫異地對懷眞說：「這麼大隻，妖炁怎麼這麼淡？」

「因爲這妖的妖炁本就不多，又分散在整個身體，所以不易察覺。」懷眞笑說：「這大傢伙叫黧䰽。」

「離離？」沈洛年不管這蛇形怪魚的名字，看懷眞一臉輕鬆，詫異地說：「這東西不危險嗎？」

「還好。」懷眞湊到沈洛年耳畔說：「沒關係啦，那五個人吃下去牠就飽了，飽了就走了。」

「呃？」沈洛年白了懷眞一眼說：「叫牠去吃魚成不成？」

「眞是愛管閒事，人類就是這種個性討厭，說不定他們打得贏呢？」懷眞嘟起嘴想了想，轉頭說：「瑋珊。」

「啊？」看怪物出現，正有點緊張的葉瑋珊一怔回頭：「懷眞姊，妳知道那是什麼妖怪嗎？」

「鰲鱺。」懷眞頓了頓說：「名字不重要，妳把炁息全力外放一下。」

「喔？」葉瑋珊微微一怔，隨即聽話地放出炁息，只見她周身立即冒出螺旋形的紅色焰息，隨著這個動作，一股龐然炁息壓力勃然而出，許多人忍不住都轉過頭來，以爲葉瑋珊要出手對付那怪魚。

但就在這時候，那怪魚突然扭頭潛下海中，就這麼消失不見，再也沒冒出來。

「可以了。」懷眞說：「那種妖怪膽子很小，發現有稍強的炁息就會逃。」

葉瑋珊見周圍各氣筏上眾人都看著自己，連忙把炁息收斂起來，一面有點臉紅地說：「怎不叫一心或瑪蓮放，他們炁息威力比我大多了，也比較不顯眼。」

「鰵鱺感應能力很差，發散型的炁息對牠來說比較明顯。」懷眞笑說。

「懷眞姊！」瑪蓮詫異地說：「妳怎麼知道這麼多事情啊？」

「啊？」懷眞嘻嘻笑說：「很多書上都有提到吧。」

哪種書有提？《封神榜》、《西遊記》還是《聊齋》？眾人都是大皺眉頭。

沈洛年看狀況不對，懷眞過去喜慾之氣氣息較強，隨口亂扯別人也迷迷糊糊地信，現在效果大幅降低，扯下去說不定會露餡，連忙打岔說：「海裡面妖怪多嗎？」

「還好，深海裡的只要肚子不餓，大多與人無害……」懷眞說到這兒，突然一皺眉，往西北方的天空看了過去。

「怎麼？」沈洛年跟著往那兒望，卻什麼都沒看到，也沒感覺到妖炁。

「有一群……有點像是計家的旁系族人——螣蛇。」懷眞看了沈洛年一眼，輕聲說：「很遠，看不到的。」

「喔？」沈洛年看著懷眞，見她似乎有點煩惱的樣子，低聲問：「擔心什麼？是很強大的妖怪嗎？」

「我是擔心你。」懷眞皺眉說：「計家人凶得很，你不怕死又愛管閒事，扯進去連我都倒楣。」

「放心啦，沒看到的我才不管。」沈洛年說。

「你騙我。」懷眞壓低聲音，偷指白宗的人說：「若是這些人有事情，你沒看到也會管！尤其是瑋珊！」

「呃……」沈洛年想起不久前的事情，臉微微一紅，頓了頓說：「那補個例外進去，熟人的事情我才管。」

「眞的嗎？」懷眞噘起嘴，不大信任地問。

「這麼多事情，怎麼可能每件都管？」沈洛年笑說：「計家又是什麼妖怪？」

「龍族。」懷眞說。

「咦，上次妳作賊……好像說別的名字？」沈洛年一時想不起來。

「上次是說敖家。」懷眞白了沈洛年一眼說：「敖家、計家、應家，三族都是龍族，敖家霸，計家凶，應家惡……計家龍族對人類本來就不友善，看到這世界被人類搞成這樣，不知道他們會幹什麼，我現在狀況又不好，你答應我，可別胡亂插手。」

「知道啦。」沈洛年說：「只要沒看到，死一半人類我也不痛不癢。」

「只死一半還算小事呢。」懷眞哼了一聲。

「呃？」沈洛年聲音大了些，詫異地說：「會死多少人啊？」

見眾人注意力轉了過來，懷眞搖了搖頭不說了，沈洛年不便追問，只好住口，但心中卻不禁有點擔心，死別人就算了，至少要把叔叔救走……看來眞得快點回台灣才行。

ISLAND

我餓了

還好一路上沒再遇到什麼古怪的海妖，眾人一路輪班催力航行，到了第三日夜間，夏威夷群島果然出現在眼前。本來跟在後面的幾十艘氣筏，只剩下五艘還跟在十餘公里外，其他的越拖越遠，已經退到了地平線之後。

夏威夷群島包含好幾座大小島嶼，檀香山位於「歐胡島」上，抵達「歐胡島」之前，會經過「你好（Niihau）」、「可愛（Kauai）」兩島，當最西邊的「你好島」在月光下出現的那一剎那，氣筏上不禁傳出歡呼聲，這三天日曬雨淋，只靠一點點食水充飢解渴，實在辛苦，眼看困難就要度過，眾人臉上都是笑容，彼此慶賀著。

葉瑋珊先和賴一心相對一笑，跟著目光轉向沈洛年，卻見他和懷眞兩人似乎臉色都有點凝重，正看著遠方的群島，葉瑋珊微微一怔，提炁輕飄，掠到了沈洛年身前說：「怎麼了？」

沈洛年和懷眞對視一眼，這才對葉瑋珊說：「妖炁很重。」

「島上嗎？」葉瑋珊一驚。

「不只。」沈洛年說：「一直到海裡都有。」

葉瑋珊不是沒想過這可能，但當眞遇到，還是忍不住深吸了一口氣，可是在這太平洋的中央，除此之外，也沒其他選擇，葉瑋珊低聲說：「我叫大家準備一下。」

「瑋珊，等等。」懷眞說。

「懷眞姊？」葉瑋珊轉回頭。

「叫大家別隨便動手。」懷眞眨眨眼說：「不是每種妖族都會殺人喔。」

「嗯，我明白。」葉瑋珊點點頭，轉頭吩咐去了。

「來了。」沈洛年往海面下看，手不禁放在腰間，準備隨時拔出金犀匕。

不過沈洛年感覺到的妖炁並不算很強大，所以他也不很緊張，只盯著海面往下看，船上眾人似乎也隱隱有感覺，還帶著武器的人都拿著武器站起，分散到氣筏的邊緣，提高警覺。

這時月光雖然明亮，海面下還是一片幽暗，只隱隱看到十幾尾如蛇似魚的暗影在海下穿梭，這些長形的妖物約兩公尺左右，不算太大，似乎對這艘氣筏挺好奇，但又不敢接近。

「是小青鱗嗎？」坐在筏邊的懷眞，伸手輕輕撥水說。

隨著她的撥動，突然嘩啦一聲，水中竄起小小一片東西，迅速地拍了懷眞手掌一下，又彈身往外游，一下子竄出老遠。

「果然是小青鱗。」懷眞笑了起來，繼續輕拍著水面。

「懷眞姊？」拿著大刀的吳配睿，緊張的神色消失，有點好奇地說：「沒危險嗎？」

「這些只是青鱗鮫人的孩子。」懷眞轉頭說：「不過妳別學我，他們皮起來會拉人下水的。」

「呃。」吳配睿正想模仿，聽見了連忙縮手。

這時又有一隻從海底竄上，一樣拍了懷貞手掌一下，跟著迅速地游開，這次沈洛年可看清楚了，那長形妖物的前半截有點像人形，和懷貞拍擊的東西，似乎正是他們的手，不過那手上滿是青色鱗片，在月光下閃動著妖異的光芒。

又過了片刻，拍擊懷貞手掌的妖怪越來越多，那些妖物們漸漸接近之時，懷貞突然收起手掌，微笑著往下望。

安靜了半晌之後，終於有一隻從水中鑽了出來，那妖怪上半身果然似人，但卻布滿片片青鱗，完全沒有毛髮之類的東西，他微尖的頭上有兩顆又圓又大的眼睛，沒有耳鼻，只有一個比例上頗巨大的嘴，那嘴正不斷開合著，裡面還有兩排又密又利的小小尖牙，一直排到兩旁。

兩方對望片刻，突然那妖物身旁又冒出一個一樣的妖怪，跟著噗通嘩啦連響，十幾隻青鱗鮫人冒出水面，一面推擠著一面看著眾人。

這鮫人的面孔，說實在看起來不怎麼可親，尤其那咧開的巨口，更是看來有些可怖，但沈洛年卻看得出來，懷貞說得沒錯，這些果然都是小孩子，他們不但開心，而且充滿好奇，雖然也有兩分膽怯，但在你推我擠之間，這份膽怯也消失了。

「這種妖怪真難看……」一個青年忍不住說：「可以趕走他們嗎？」

「別亂來。」懷眞回頭輕叱：「想跟前面整族的青鱗鮫人爲敵嗎？」

眾人不由得一呆，誰也不敢妄動，沈洛年卻有些意外，這些人眼中，只覺得難看嗎？這些小妖怪的那種氣味，明明就像人類小孩一樣啊，還比人類小孩安靜多了。

突然遠遠傳來一聲彷彿斥罵一般的低沉聲響，那些小青鱗冒出了驚訝的神色，同時往下一沉，鑽入海中，那如蛇般的後半身，末端尾鰭展開如一片青扇，入水時啪地一下噴出大片海水，灑得眾人渾身。

有人忍不住開罵了：「媽的，這些小妖怪……」

說到一半，那人卻閉上了嘴，前方數公里寬的海面上，突然冒出了無數個半身身影，看體型似乎比剛剛那些小青鱗大上一倍，正是成千上萬的青鱗鮫人。

這時在後方推動氣筏的人，不禁停下了手，再往前豈不是衝入妖怪窩了？

「繼續走，慢慢走。」懷眞說，一面御炁撥動船頭，往旁繞，後面幾個拿著短劍的人們這才繼續御炁緩推著船。

「這些鮫人有敵意。」沈洛年在懷眞身旁低聲說。

「嗯，可能有人類惹過他們。」懷眞點點頭說：「但是因爲我們沒碰他們的孩子，所以還在觀望。」

「大家盡量別亂動。」葉瑋珊回頭低聲說著：「我們不能繼續在海上漂流，得先想辦法上岸再說。」

隨著氣筏的移動，那些鮫人圓滾滾的眼睛也直盯著不放，又過了片刻，一群約百名的鮫人，緩緩地往氣筏接近。

這些鮫人的妖炁大概只有鑿齒那種水準，不算太強，就算不考慮船上其他的人，單以白宗眾人的實力來說，這百多名鮫人沒什麼可怕的，但一來他們後面還有千萬同族；二來這兒在海面上，打起來想必吃虧。眾人心中不免緊張，都凝聚著炁息，準備應變。

「應該只是來監視的。」懷眞說：「繼續走，他們不可能每個島都霸著。」

果然那群鮫人只在數十公尺外遠遠跟著，懷眞控制著氣筏的方位，往南繞過了「你好」、「可愛」兩座島嶼，這才轉向往歐胡島走。

總算鮫人似乎沒圍著歐胡島，眾人當下鬆了一口氣，推著氣筏往那兒走。但隨著距離越近，氣筏上的人們心中越驚，島嶼從西面往南沿海，本是連綿一大片充滿活力的城市，這時卻是一片死寂。

眾人心中都急，當下朝西南角的海岸駛去，很快就停靠在岸邊，而直到這個時候，那些尾隨的鮫人才無聲無息地退去。

眾人上了岸，一時都有點惶然，這美麗的海岸並未改變，但整座島嶼的氣氛卻已經不對了，大家對妖炁的感應能力雖然沒有懷眞那麼遼闊，也不如沈洛年的精細，但卻都能感覺到這島上到處都是妖炁，彷彿當初的噩盡島一般。

一個中年人打破沉默開口說：「大家打算如何？討論一下吧？」

人群一角有四個聚在一起的人，他們商量了幾句之後，其中一人走出來，對眾人說了幾句不是很流暢的英文。

當時的運輸艦上，除了有各國宗派之外，日韓兩國的人都不算少，這四個剛好是韓國人，這數日兩方溝通，都是使用英文，葉瑋珊轉頭對眾人說：「他們想先去檀香山的韓國領事館看看。」

另外兩個日本人也開口表達了類似的意願，而七、八個原屬總門部隊的青年，則想去總門大樓還有軍營區看看，幾名來自中國大陸，卻不屬於總門的人們，雖然分別隸屬不同的宗派，也想跟著去。

各人表達想法之後，都等著白宗說話，畢竟這些人幾乎都是被賴一心從海面上撿起來的，能順利回到夏威夷，多少都有點感激。更別提白宗一夥雖然都是少年男女，能力卻似乎十分強大，讓人不得不「尊重」他們的意見。

葉瑋珊看眾人都望著這邊，轉頭問：「懷眞姊，裡面危險嗎？」

「不知道耶。」懷眞說：「似乎沒什麼特別強大的妖怪。」

「葉宗長。」一個青年說：「一起入檀香山走一圈吧？也許還有人需要幫忙呢。」

「別進去吧？我們直接回台灣好了。」張志文吐吐舌頭說：「去港口弄艘小船，放了吃喝的就走吧，深入島裡面太危險了。」

「但是這趟旅程太遠，食水得帶足，船上也得有休息的地方，所以船不能太小，也就不能都靠炁息推動。」葉瑋珊沉吟說：「我想去找找海圖、航線圖之類的東西，也得準備食物，你們覺得呢？」

「台灣有多遠啊？」瑪蓮問。

葉瑋珊想了想說：「七千……八千多公里吧。」

近千公里就花了三日，八千公里恐怕要一個月，如果船上人更少、船更大，那說不定得花更久的時間，何況海面上風浪難測，確實不能說走就走，眾人當下沒有其他意見，都決定往城市裡面走一趟。

「洛年。」葉瑋珊轉頭說：「怎麼走比較安全？」

沈洛年四面望了望，回頭說：「我未必每種妖怪都能感覺到喔。」

「這也沒辦法。」葉瑋珊苦笑說：「反正誰也感覺不到。」

「嗯……沿海似乎沒妖炁，往裡面妖炁就重了起來，那片山地南端最多，很多妖怪聚在那兒……」沈洛年先指著歐胡島西方那條南北向的山脈，跟著又往東面指：「檀香山是那邊吧？裡面妖炁也不少。」

「那麼……」葉瑋珊做了決定：「我們沿著南面海岸走，到了珍珠港之後才往內部移動，先去軍營，也許可以找到代用的武器。」

既然決定了，眾人收斂大部分炁息，在夜色中，開始往東方沿海移動。

這原本美麗的小島，此時路旁房屋崩碎毀壞，處處殘磚碎瓦，有些木造房舍更被燒成一片焦黑，柏油路面大片大片地翻裂，路燈一支支從根部翻出，隨意地翻倒在路面上，偶爾出現的大小汽車，除油箱部分炸裂之外，大都扭曲變形、不成模樣，不知被什麼東西破壞過，一路上更到處都是已乾涸的大片血漬。

越接近城市，被破壞的狀態就越嚴重，地上也開始出現越來越多死屍，這兒天候較暖，不少屍體已經開始發出惡臭，眾人臉色漸漸沉重，忍不住暗暗咒罵。

眼看不遠處一幢燒黑的海邊飯店大樓塌成一片，滿地都是散碎的水泥、玻璃、鋼筋和無數的屍首，沈洛年對身旁的懷眞低聲說：「這兒出現的妖怪是不是怪怪的？殺人就算了，幹嘛破壞房子？還放火？」

「你們人類才是破壞狂。」懷眞低聲說：「他們只是想恢復原狀而已，火該不是他們放的。」

「什麼意思？」沈洛年詫異地問。

「這些房子、水泥、柏油路，難道是大自然原有的景觀？」懷眞說：「至於火焰，應該是屋內原有的燃料自爆了。」

「唔。」沈洛年明白了懷眞的意思，頓了頓才說：「但不弄成這樣，人類會不夠住。」

「妖族也需要很大片的自然空間啊。」懷眞吐吐舌頭說：「只好打仗啦。」

從這角度說來的話，似乎也無可厚非，沈洛年無話可說，既然兩方都有理，那眞的只能打仗搶地盤了，沈洛年想想又問：「那地底下的石油天然氣那些呢？不就全爆了？」

「水下或太深的地方，比較不會產生火妖，所以不容易爆。」懷眞說。

「這樣的話，人類如果住地底會不會比較好？」沈洛年問：「能不能用電？」

「只能用火，電不行。」懷眞皺眉說：「住地底深處很不舒服吧？」

也有道理，沈洛年點點頭沒吭聲。

這時遠遠又是轟地一聲傳來，似乎又有一棟巨大建築物倒塌，只見檀香山市區炸起一片塵煙，眾人一愣，腳步都慢了些。仔細一聽，市區中似乎不斷有大樓倒塌的聲音，剛剛那一聲只是比較聲勢浩大的其中一個。

這時沈洛年已經搞清楚了，留在城市的妖怪，主要的目的就是想把城市「恢復原狀」，而海岸邊大部分地區已經破壞，因此才沒有妖怪，至於島西山上，人類建築物應該不多才對，爲什麼妖怪會集中到那邊，他可就想不出來了。

眾人雖收斂了炁息，但速度依然不慢，這麼一路點地縱躍騰行，很快就接近足有四公里方圓的珍珠港區域，這才轉向往內陸走，這一轉，眾人眉頭都皺了起來，結陣領頭的白宗等人也不禁停下腳步。

這港區已經不復過去的模樣，月光下，只見港口海水中處處漂浮著各種破碎的船隻殘骸，本來許多大船停泊的地方，都變得空蕩蕩的，也不知那些船是不是都已沉入港中。原本規劃整齊的建築群、飛機倉庫，也彷彿經歷過一場猛烈的轟炸，到處都是爆炸的痕跡，有些地方還在悶燒，冒著濃濃的黑煙，也沒人理會。

這似乎是各種炸藥、油料同時爆炸產生的結果，萬幸的是沒有核爆的痕跡，看來檀香山這兒當眞沒留著核武，那呂部長雖然滿口謊言，這話總算沒騙人。

「這兒屍體似乎比較少？」黃宗儒東張西望，詫異地問。

「應該是有人收拾過，不然就是先一步撤退走了。」葉瑋珊說：「剛爆炸的時候，妖怪可能還沒出現。」

「葉宗長，往軍營走吧。」後方一個中年人低聲喊。

這兒畢竟只是順路經過，葉瑋珊點了點頭說：「一心，走。」

前端的賴一心應了一聲，領著眾人繼續往前走，沿著崩壞的道路繞出軍港，向著軍營走，但看著周圍房屋倒塌火燒的狀況，眾人不禁都有點擔心。好不容易走到營區，果然也是坍倒得不成模樣，眾人愣愣地看著，一時都有點傻住了。

「還是找找看吧。」一個原屬總門的青年回過神來，往印象中收納短劍等武器的地方跑，不過既然身爲變體者，武器不會頻繁更換，預備的自然也不多，能不能找到也是得看運氣。

那人一動，眾人也跟著往內走，有的人跟著幫忙找武器，有的人四面翻看著，葉瑋珊回頭對白宗眾人說：「既然停下了，嗯……兩人一組吧，分頭找找有沒有吃喝的，洛年和懷眞姊，麻煩你們留意一下周圍。」

眾人點頭後分頭散開，沈洛年和懷眞兩人，就這麼在月光下，站在大門前的水泥空地，聽著遠處的大樓倒塌聲，看著周圍的一片凌亂廢墟發呆。

從那日晨間異變突起後，兩人還是第一次單獨相處，沈洛年看著懷眞，苦笑說：「這就是妖怪世界？妳說的仙界？」

「還早呢。」懷眞搖搖頭說：「現在頂多和過去噩盡島中央山地差不遠，強大的妖怪還來不了，否則會和我一樣大傷元氣……不過，看來剩下的時間也不多了。」

「這次到底是怎麼回事啊？怎麼突然有這麼大的變化……」沈洛年說：「而且妳居然也不知道？」

「息壤我雖然聽過，但也沒親眼看過，不知道會爆炸……」懷眞搖搖頭，白了沈洛年一眼說：「反而是你早就知道了，不是嗎？」

「嘖。」沈洛年抓抓頭說：「我是知道息壤會爆炸，但沒想到整座噩盡島都會爆。」

「其實也沒什麼不合理的。」懷眞沉吟說：「息壤活著的時候，藉著吸引道息轉化擴大體積，本來就是它最基本的能力……只不過沒想到死了以後，還能發作一次，體積既然瞬間變大，就爆啦。」

「總門不是說會一直建立息壤丘嗎，怎麼也沒用？」沈洛年說。

「我也不清楚。」懷眞想了想說：「道息是鳳凰放出的東西，她想放多少就有多少，也許人類這樣胡搞被她注意到，一瞬間放出大量，把這問題解決，也不一定。」

沈洛年皺眉說：「早該叫他們把核彈拆光。」

懷眞好笑地說：「你叫他們拆，他們就會拆嗎？」

這說得也是，沈洛年嘆口氣，不再想已經過去的事情，目光一凝說：「城市裡面拆房子的妖怪，和西邊山脈的妖怪似乎相同，這島上只有一種妖怪嗎？」

「是嗎？」除了特定某些妖怪之外，懷眞倒沒辦法分辨得這麼細，她看著沈洛年說：「最東邊和最北邊那片山地呢？」

「東邊？北邊？」沈洛年詫異地往兩個方向望了望說：「我沒感覺到什麼。」

「可能對你來說太遠了。」懷眞說：「東邊、北邊、西邊山地裡，似乎都是妖怪和人類對峙著。」

「哦？」沈洛年意外地說：「還有人活著？」

「啊！」懷眞皺眉說：「糟糕，不該說的，你又想去多事了？」

沈洛年想了兩秒，搖搖頭才說：「沒有，我不管。」

「眞的？」懷眞懷疑地看了沈洛年一眼。

「嗯。」沈洛年說：「其實我現在看妖怪和看人感覺差不多，都不認識的話，眞懶得管誰要殺誰。」

「唷？上次蟄龘想吃人，就要我趕牠走。」懷眞哼聲說。

「近在眼前的當然看不下去啊。」沈洛年皺眉說。

「反正你是怪人！」懷眞白了沈洛年一眼。

沈洛年也白了懷眞一眼，兩人正互瞪，看誰先忍不住笑出來，突然兩人同時一怔，轉頭往外看，沈洛年開口說：「是往這兒來嗎？」

「好像喔。」懷眞說：「要不要去叫人？」

卻是兩人同時感覺到，東邊不遠的檀香山城中，有一批數十名本來在城中活動的妖怪，似乎突然往這個方向轉來，正越來越接近。

沈洛年停了幾秒，確定對方正對著這兒，連忙點點頭說：「要大家躲一下。」兩人馬上往內飛掠，一路通知眾人集合。

大夥兒最後齊聚在後方某個營區，原來總門那幾個士兵，還眞的找到了一個鐵箱，裡面塞了幾十把短劍，一群人正在那兒選趁手的武器，其他人索性過去那兒集合。

聽到了有妖怪過來，眾人聲音都放低了，那幾個人一面就著月光選，一面有人皺眉低聲說：「這些武器和咱們部隊發的似乎不大一樣？還挺多種的。」

「當然。」另外一人得意地說：「這是共聯的武器。」

眾人一愣之下才明白，當時抓了共聯的人，原來把繳下的兵器收在這兒了，這士兵剛好是收執的人，才知道這兒放著兵器。

「阿姊，妳背後那包是什麼？」張志文突然低聲說。

眾人轉過頭，這才注意到瑪蓮身後揹著一個用床單包起來的大包，瑪蓮見有人問，嘻嘻笑說：「會客室裡面的飲料販賣機，被我挖開了，有人口渴嗎？」

「太棒了，瑪蓮姊，我要喝！」吳配睿雖然壓低了聲音，仍跳著嚷，這幾日大家都省著水喝，早就想大口喝水。

「來！」瑪蓮解下大包攤開，果然裡面有各式各樣的飲料，眾人正瓜分的時候，沈洛年低聲說：「妖怪進來了。」

眾人一愣，不敢再開玩笑，紛紛拿起武器，葉瑋珊低聲說：「他們能察覺我們位置？」

「有可能。」懷眞接口說：「聽力、嗅覺很好的妖怪，其實不少。」

「二十隻左右。」沈洛年說：「似乎比鑿齒強些，比牛頭人弱些。」

如果是靠嗅覺之類的追來，恐怕一時甩不掉，說不定還會越來越多，既然數量不多……葉瑋珊當機立斷地說：「先看看有沒有敵意，如果是敵人的話，通通殺光，免得招來更多……白宗結陣迎戰，其他人繞到外圍，阻止對方逃跑。」

「瑋珊，洛年說比牛頭人還弱耶，需要結陣嗎？」瑪蓮歪頭說：「鑿齒那種，我現在可以打一群。」

「呃？」葉瑋珊一怔，望向賴一心說：「你覺得呢？」

賴一心微微皺眉說：「這樣的話……」

「喂！」沈洛年說：「萬一我看錯呢？別大意了。」

「也對。」賴一心笑說：「還是先結陣試探吧，敵人要是不強，就交給瑪蓮和小睿處理，志文、添良外圍攔截，其他人觀戰。」

「帥啊！」瑪蓮對吳配睿一笑說：「小睿，輪我們倆表演喔。」

「嗯！」吳配睿眼神也透出興奮。

「小睿小心點。」黃宗儒說。

「知道。」吳配睿對黃宗儒一笑，轉身站到隊伍前方，舉起大刀。

看來這兩人的問題已經解決了，沈洛年和葉瑋珊對看一眼，微微一笑，但下一瞬間，又不約而同地想起那天早上的事情，同時轉開了目光。

「上吧。」賴一心一引槍，往前奔了出去。

眾人向著妖怪迎了出去，卻見到一群頂著鱷魚腦袋的猩猩妖怪，正在廣場蹦跳，一面四面張望，一看到眾人從後方穿出，這群鱷頭猩猩張大有著兩排利齒的巨吻，揮動著滿是毛的長臂，對著領頭的賴一心直撲了過來。

賴一心銀槍挑起，左右一彈，將跑最快的兩隻猩猩打翻，他微微一笑，退了一步說：「上吧。」

瑪蓮和吳配睿不等第二句話，兩人同時往前撲了出去，彷彿在比賽一般，一瞬間就砍翻了七、八隻猩猩，紅色的鮮血灑滿一地，其他的猩猩一聲怪叫，轉頭便跑，卻看到張志文和侯添良兩人拿著亮晃晃的長劍擋著出口，猩猩們還沒來得及四面逃竄，瑪蓮和吳配睿已經趕上，從後方將猩猩們全部殺光。

打完收工，瑪蓮笑嘻嘻地說：「十二比八，小睿比我少四隻。」

吳配睿招式熟練度本就還不如瑪蓮，加上過去大半是結陣攻擊，眞有點不習慣這般放手屠殺，所以一開始慢了些許，但她也挺好強，嘟起嘴說：「我下次不會輸的！」

「嘿嘿，那下次來賭點東西如何？」瑪蓮笑說。

「好啊！」吳配睿揚起頭笑說。

「那可得先想好要賭什麼……」瑪蓮得意地說：「賭無敵大吧，輸了他就是我的了。」

「什麼啦！瑪蓮姊！無敵大又不是我的！」吳配睿跳腳叫了起來，一旁黃宗儒也不禁有點尷尬。

「妳們別鬧了。」葉瑋珊微笑插話說：「如果城內的妖怪只有這種強度，就不用太擔心了。」

瑪蓮望著地上的猩猩妖怪屍體，突然說：「欸，妖怪的肉能不能吃啊？好幾天沒吃飽，我餓了。」

「哇……」吳配睿驚呼說：「吃妖怪肉？這好噁心耶。」

「有什麼噁心的？又不是吃人肉。」瑪蓮摸摸肚子說：「阿姊餓好幾天了耶，瑋珊，咱們烤個肉吃吧？」瑪蓮食量本來就大，這三天在氣筏上，大家分食那一點點食物，瑪蓮自然不能多吃，一直都是半飢餓狀態，看著肉在眼前，終於忍不住開口，管他是不是妖怪肉？

雖然有個鱷魚頭，但這種猩猩的體態和人類還是挺像，葉瑋珊看著地上的屍體，實在提不起食慾。她苦著臉回頭說：「懷眞姊，可以嗎？」

「可以啊，肉就是肉啊。」懷眞倒不介意，一面說：「吃妖怪的肉，也會吸收到肉裡面蘊含的妖質喔。」

「哇，還有這麼大的好處啊？」瑪蓮詫異地說：「那更要吃多點。」

「瑪蓮。」奇雅突然責怪地拉了瑪蓮一把。

「怎麼？」瑪蓮一愣，見大家都看著自己，卻不知道自己哪兒說錯話了？

一個其他宗派的中年人，終於忍不住開口問：「莫非白宗諸位吸收了更多的妖質？才具有這樣的能力？」

「呃？」瑪蓮終於知道自己說錯了什麼，當下吐了吐舌頭，有點尷尬地看著葉瑋珊。

這件事情，總門那邊早已經有人知道，也不算祕密，而且現在局勢丕變，妖怪大量出現世間，人類多點高手也是好事……葉瑋珊想了想，點頭說：「沒錯，爲了應付變局，我們確實都吸收了更多的妖質。」

一直沒敢和葉瑋珊說話的李宗宗長李歐，聽到這話，忍不住開口說：「不會有壞處嗎？」

葉瑋珊看到他就有氣，但這時也不好翻臉，只冷淡地說：「試試就知道了。」

李歐退開兩步，不過神色卻並不怎麼難看，似乎想到了什麼高興的事情，找著李翰低聲商議起來。

「我們若從這些猩猩的身體裡面迫出妖質來吸收，豈不是比靠著食用吸收還快？」另外有一人問。

「這些妖怪和妖質已經融合，就像從人體迫出一樣，十分費力。」葉瑋珊說：「如果有時間的話，確實可以這麼做，但現在不大恰當。」

眾人正沉吟的時候，葉瑋珊目光四面一轉說：「這些妖怪很可能是因爲聞到了什麼才來的，現在這兒血腥味刺鼻，說不定還會有更多妖怪被氣味引來……」

「正是。」黃宗儒接口說：「我們最好盡快離開這兒。」

「那肉怎麼辦？不要了？」瑪蓮有點失望。

「這……除了瑪蓮以外，還有誰想……吃肉的？」葉瑋珊望向眾人，還記得用英文再問了一次。

沒想到想吃的人還眞不少，白宗之外的將近二十個人中，就有一大半舉起了手，至於白宗內，只有張志文、侯添良在瑪蓮威脅下，愁眉苦臉地跟著瑪蓮舉手。

居然有近半的人想吃這種食物？葉瑋珊不禁有點意外，但她轉念一想便已明白，也許有些人眞的餓了，不大在意這是什麼肉，但更多人可能是爲了妖質才舉手的……這也沒辦法，葉瑋珊輕嘆了一口氣說：「這樣吧，砍下一部分帶著，退到海邊烤來吃，之後休息片刻……我們天亮才入城市。」

「太好了。」瑪蓮一聲歡呼，找著喜歡的部位，提刀割肉去了。

ISLAND

我要過去搗亂！

揹了肉，眾人再度往外退，港口那兒實在太亂，檀香山南岸沿海的房屋、大樓也都倒塌崩毀，一片混亂，不適合野餐，眾人索性繞往東南，穿過一樣殘破不堪的阿拉威遊艇碼頭，到了名聞遐邇的白色人工沙灘——威基基海灘，準備找個地方舉辦營火晚會。

切肉的時候，瑪蓮和幾個肚子也餓的青年混熟了，加上侯添良、張志文等人，幾個人揹著猩妖肉塊和飲料，開心地跑在前面選擇場地。

奇雅退了幾步，到葉瑋珊身旁和她並行，一面低聲說：「其實不用理會瑪蓮，她餓不壞的。」

「嗯……」葉瑋珊沉吟了一下說：「也無妨，對方五感能力比人類強，晚上入城比較吃虧，等天亮也好。」

既然有這個理由，奇雅也就沒意見了，點點頭正想走，葉瑋珊突然開口說：「奇雅……那個，妳敢吃嗎？」

奇雅一怔說：「當然不吃。」

葉瑋珊回了一個苦笑，讓奇雅往前方找瑪蓮去了，不過她心中卻有些擔憂，現在也許還找得到一些存糧，但不能用電自然沒有冷凍技術，在這亞熱帶地區食物難以保存，一段時間之後，說不定什麼東西都得吃下肚子……葉瑋珊想到這兒，看著在瑪蓮等人身後晃動的屍塊，身子不禁抖了抖……日後若非吃妖怪不可的話，至少也要找比較像畜生的來吃。

到了那白色沙灘，瑪蓮等人把肉塊和飲料放下，開始四面尋找可以拿來烤肉的木材，這本來人潮洶湧的美麗海岸，現在上面扔滿了沒人要的破爛沙灘椅、毛巾、躺席、巨大遮陽傘，在這一片混亂中，棕櫚樹倒還靜靜地立著，沙灘上一灘灘乾涸的血跡，也不知道是人類還是妖怪留下的，岸邊幾艘擱淺、破損的小帆船、衝浪板，恰好拿來當成材料。

瑪蓮等人忙碌的時候，葉瑋珊、賴一心、沈洛年、懷眞、奇雅等人聚在一旁，正討論明日的計畫，沈洛年和懷眞很有默契地都不提其他地方有妖怪和人類對峙的事情，否則賴一心那個熱血男一定會想去救人，那可不知道會增加多少麻煩。

另一面，瑪蓮率領著二十餘人，各自分工，同心協力地敲碎了一堆木頭，洗淨了妖怪肉，堆成一個大木堆和許多肉串，但這時他們交頭接耳了半天，瑪蓮突然回頭嚷：「糟糕了。」

「怎麼？」站在一旁討論的葉瑋珊等人一愣，向著那兒走去。

「沒人有帶打火機耶。」瑪蓮吃驚地說：「這麼多人，居然沒人抽菸？」

「不是沒抽。」有個中年人苦笑說：「當時根本剛起床，身上什麼都沒帶。」

瑪蓮這才想到，當時在甲板上的人，除了白宗以外，幾乎都被捲下海了，這批反而是反應比較慢、比較晚起床才逃過一劫，難怪身上什麼都沒有。

另一個青年也說：「三天沒抽，渾身難過……我去那些石頭堆裡面找找看？」他指的是不遠處崩倒的飯店大樓。

「太危險了。」有人搖頭：「那種崩塌的高樓很不穩定，進去不安全。」

「對了，打火機裡面有灌瓦斯，不會爆嗎？」黃宗儒詫異地說。

「量很少好像不會。」有人說。

其實當初沈洛年回台灣有買些預備的東西放著，比如壓電式的打火機、發條式的手錶等等……但是找懷眞的時候，統統被那隻大刑天轟碎了，前陣子回到檀香山，也就沒再去準備。

「怎辦？」奇雅看大家都在困擾，回頭看著葉瑋珊說：「妳開始了嗎？炎靈？」

「還沒。」葉瑋珊搖搖頭說：「試試看？」

「也好。」奇雅一轉頭，招呼大家退開。

奇雅是問葉瑋珊開始和炎靈交換了沒，而這幾日兩人主要的動作都在累積炁息力量推入妖質，還沒開始和炎靈結約，這也是個機會，剛好試試。

葉瑋珊拿出匕首，正想開啓玄界之門，懷眞突然叫了一聲說：「瑋珊，等等。」

葉瑋珊一怔回頭，停下了手。

「妳要幹嘛？」懷眞詫異地說：「生火嗎？」

「是啊。」葉瑋珊說。

「這麼大堆木材一起燒不行啦，會生出火妖喔。」懷眞抽出幾塊木頭，讓木堆小了一半，這才說：「這樣差不多，來吧，別送去太多，一點就好。」

葉瑋珊點點頭，匕首一揮，木頭堆上方開啓了一扇門戶，隨著她口中默唸，一片外炁倏然往玄界隱沒，同一瞬間，一道灼熱炎氣透出，轟地一下，那團木頭噴出火焰，熊熊燒了起來。

「哇！」眾人驚呼聲中，紛紛圍了上來，白宗眾人雖然知道葉瑋珊和奇雅這陣子正修煉道術，也不知道有這麼方便，而其他宗派的人根本不知此事，更不免詫異。

葉瑋珊也不想多說，微笑退開，讓瑪蓮等人烤肉，這時大家都有點開心，又多燃了四組火堆，一串串肉條架在一旁，很快就開始噴濺出油光，發出滋滋的聲響。

不久後，香味從各肉串上先後傳出，眾人紛紛圍了上去，每個人似乎都被引起了食慾。

賴一心對葉瑋珊一笑說：「眞的不吃？我聞到也有點餓了。」

葉瑋珊忙搖頭，一面往外退，一面說：「你去吃吧。」

「嗯，那妳休息一下。」賴一心鑽入人堆，擠了個位置，也開始笑呵呵地烤起肉來。

葉瑋珊一個人站在人群外望著那些肉串，倒也有點意外，這般料理過後，看起來還眞像普通的肉，似乎沒這麼噁心了，不過雖然這麼想，她還是沒有勇氣也去拿一條猩猩肉吃。

除了她以外，奇雅和吳配睿也是打死不肯吃，不過吳配睿喜歡熱鬧，擠在人堆裡面拿著飲料說笑，奇雅卻板著臉在火堆旁幫著瑪蓮烤肉，畢竟瑪蓮吃的速度太快，一個人忙不過來，特別把她抓去幫烤，奇雅拗不過她，只好過去幫忙。

沈洛年也不介意吃妖怪肉，但他卻不喜歡擠在人堆裡面，眼看懷眞被一群年輕男子圍著笑鬧討好，他也不去湊熱鬧，只烤了兩串肉便鑽出人堆。正胡亂咬間，卻見葉瑋珊一個人站在人堆外，沈洛年愣了愣，遲疑了一下之後，還是走了過去，伸手說：「不來一根？」

葉瑋珊看沈洛年一個人走近，卻也有點兒著慌，聽到沈洛年的問題，她低下頭，輕輕搖了搖頭，沒有回答。

「好吧。」沈洛年轉身要走。

「欸，洛年。」葉瑋珊喊了一聲。

「嗯？」沈洛年回過頭。

「不用避著我啊。」葉瑋珊頓了頓說：「這樣……反而很怪，不是嗎？」

也對，沈洛年吃完一串肉，扔下木籤，坐在葉瑋珊身旁沙灘，啃著另外一條，一面說：

「一直站著不累嗎？」

葉瑋珊看著滿地沙，有點尷尬地說：「穿裙子……不很方便。」

誰教妳穿著短裙？不過若改穿褲子可就沒得看了，沈洛年目光掃過葉瑋珊的腿，停了兩秒，突然想起不該多看，他輕嘆一口氣，目光轉回葉瑋珊臉上，卻見她正似笑非笑地瞅著自己，沈洛年不禁有點尷尬地說：「怎麼？」

「這幾天沒洗過澡，身上髒兮兮、蓬頭垢面的……」葉瑋珊說：「很難看吧？」

「還好吧，不會難看啦。」沈洛年說。

「不然你怎麼只看兩眼就不看了……什麼時候開始變客氣的？」葉瑋珊說完自己臉也紅了，輕輕頓了頓足，轉開頭偷笑。

被自己偷看大腿，她怎麼似乎有點開心？媽的！這表情眞誘人，要是四下無人，說不定自己又撲上去了……不過這可不能再犯，沈洛年皺起眉頭，沒回答這句話。

葉瑋珊見沈洛年表情不對，心念一轉，也覺得自己剛剛那話有失莊重，不禁暗暗後悔，連忙轉個話題說：「你衣服倒是都不會髒，怎會這樣？」

「這布比較特殊。」沈洛年抖抖血飲袍說：「懷眞給我的。」

「懷眞姊啊？她眞是充滿神祕。」葉瑋珊這倒是心底話，看著懷眞在男人堆中自在笑語，彷彿如魚得水一般，葉瑋珊又看看毫不在意的沈洛年，不禁有點迷惑，不過這問題當初在噩盡島上就問過一次，沈洛年既然不擔心，自己何必干涉？

目光一轉，葉瑋珊卻看到另一端，賴一心正和瑪蓮笑鬧著，雖然知道賴一心這方面十分遲鈍，而且大家都是老朋友了，說笑打鬧都很正常，但總有點被冷落的感覺，想到這兒，葉瑋珊不禁暗暗搖頭，自己似乎比沈洛年小氣多了。

這樣一站一坐挺怪的，葉瑋珊四面望了望，找了個扔在沙灘上的大毛巾，鋪在沈洛年半步外，側身曲腿坐下。

兩人正沉默的時候，那李宗大少爺李翰很不識趣地突然走近，對葉瑋珊微微行了一禮說：「葉宗長。」

這人又來幹嘛？葉瑋珊雖然不像討厭他父親李歐一樣排斥李翰，但並不代表很願意和他說話，當下微微皺眉說：「有事？」

「我有一事不明。」李翰頓了頓說：「父親告訴我，葉宗長討厭李宗，可能是因爲當年兩宗爲了競爭交惡，使得當時的白宗宗長鬱悶病故……」

隨著李翰的言語，葉瑋珊臉色越來越難看，聽到最後一句話時，終於忍不住開口打斷說：「夠了！」

李翰一怔，對坐在地上的葉瑋珊微微躬身說：「我無意冒犯。」

葉瑋珊板著臉說：「你到底想說什麼？」

「剛剛葉宗長點火的方式，難道就是已經失傳的唯道派道術嗎？」李翰低聲問。

葉瑋珊回頭看了沈洛年一眼，這才對李翰微微點了點頭。

「我不明白的是——白宗既然有這種術法……」李翰遲疑地說：「當初兩方競試，我祖父怎能獲勝？」

葉瑋珊眉頭一皺，說：「你知道了又如何？」

李翰一怔，停了幾秒才說：「若我祖父是以骯髒的手段獲勝，我身爲後代，必須替他道歉。」

這人好無聊啊……沈洛年看著李翰，不禁有點佩服，居然有人想替自己祖父道歉？這人和賴一心倒是有拚，一樣不像活在這時代的人。

葉瑋珊停了幾秒，終於開口說：「那時的比試是公平的。」

李翰似乎有點意外，但仍頗高興地說：「那麼……」

「但是確實是被你們李宗氣死的。」葉瑋珊沉著臉說：「現在大家落難，理當互相幫助，這並不代表我想和你們交朋友，這樣清楚嗎？」

李翰微微一怔，低頭說：「我明白了，抱歉打擾。」說完轉身去了。

沈洛年看著葉瑋珊臉上透出一股憤怨的神色，卻也不敢貿然開口，就這麼沉默地陪著葉瑋珊坐著。

過了好片刻，葉瑋珊才低聲說：「舅媽的父親，就是創立白宗的老宗長，我小時候就住到白家去了，都叫他老人家白爺爺。」

她想跟自己說嗎？沈洛年只嗯了一聲。

「白爺爺人很好，對我也很好……」葉瑋珊冒出一股孺慕的氣味，彷彿回到過去，像個孩子一般的年歲，低聲說：「那天他受了傷回來……我嚇得一直哭一直哭，他躺在床上，還一直摸著我的頭，安慰我，哄得我笑了才休息……我本以爲白爺爺很快就會好起來，沒想到他這一躺，就躺了三個月。」

聽起來那老頭是凶多吉少了，沈洛年看著葉瑋珊，不禁有點擔心。

「有天，我端著藥，餵白爺爺喝……白爺爺喝到一半，就睡著了。」葉瑋珊眼眶泛紅，低聲說：「我叫不醒他……我怎樣也叫不醒他……他再沒有醒過來了……」

又沉默了好片刻，葉瑋珊情緒似乎平復下來，她拭了拭淚角，深吸一口氣，緩緩說：「我知道，白爺爺是被李宗的人打傷的，從那一天開始，我就一直很恨李宗的人。」

沈洛年看葉瑋珊似乎情緒漸漸正常，這才開口說：「但是藍姊似乎並沒有很氣李宗？」

「嗯……」葉瑋珊說：「其實嚴格說起來，也怪不得李宗，舅媽又是很善良的人，自然不會記恨。」

「原來妳比較不善良。」沈洛年好笑地說。

「喂！」葉瑋珊咬著唇說：「人家剛剛很難過耶！」

「好啦。」沈洛年的肉串早已經吃完，這時往後一倒，躺在沙灘上，看著天空的繁星說：「天空很漂亮。」

葉瑋珊抬起頭，看著遼闊的星空，本來鬱悶的心情，似乎紓解了不少，她才緩緩地說：「其實仔細一想，李宗現在只剩下兩人，也沒什麼好氣的了……」

「當時爲什麼會打起來？」沈洛年說。

葉瑋珊考慮了片刻，才說：「當初白、李、何三宗隨政府來台，和軍警特單位配合，從事保衛重要人物的工作……但過了幾十年，李宗和何宗的人越來越多，隨著幾次政權交替，政壇漸漸容不下這許多勢力，彼此漸有衝突。何宗當時已在南部另起爐灶，索性藉著過去的關係經商，漸漸淡出政治圈，人數很少的白宗，這時就變成李宗的目標……李宗當時的宗主，想盡辦法挑釁白爺爺，兩方終於同意藉比試來決定最後統帥權……白爺爺打輸了，他個性又倔、想不開，最後就……」

「幹嘛想不開呢？其實輸了也好。」沈洛年說：「政治圈都沒好人的，妳看那個宗長李歐，看起來就賊頭賊腦的。」

葉瑋珊噗哧一笑說：「你胡說什麼？人家長得堂堂正正，哪兒賊頭賊腦？」

「心裡都在打鬼主意。」沈洛年說：「剛剛你們提到吸收妖質，那傢伙不知道偷偷高興什麼？」

「高興？啊……」葉瑋珊低聲說：「差點忘了，我聽舅媽說過，李宗該也剩下很多妖質，比我們當初留下的還多很多。」

「那妳到時候去搶點來。」沈洛年半開玩笑地說。

葉瑋珊白了沈洛年一眼，嗔笑說：「我們又不是強盜。」

「他兒子似乎有點喜歡妳。」沈洛年說：「妳剛趕他走，他好失望。」

葉瑋珊不信地說：「他根本就是喜歡懷眞姊，上次去你家，只差沒流口水。」

「那時候是那時候，現在沒有了。」沈洛年不好解釋喜慾之氣，只說：「妳看他都在偷看這邊。」

葉瑋珊瞄了一眼，果然看到李翰正往這兒偷瞧，雖然他很快就轉開頭，但仍讓葉瑋珊有點意外。

「你可別被那人拐走啊。」沈洛年哼聲說：「我可會生氣的。」

「才不會。」葉瑋珊臉一紅說：「而且你生什麼氣？你……又不是我的誰……」

「媽的！」看著葉瑋珊臉紅的嬌羞模樣，沈洛年低罵了一聲，突然一蹦而起說：「在妳身旁待著眞是折磨，我要走了。」

還坐在地上的葉瑋珊又好氣又好笑，嗔說：「又胡說什麼？我怎麼折磨你了？」

沈洛年彎下腰，臉湊到葉瑋珊面前，認眞地說：「妳再這樣羞答答地看著我，我總有一天又會失控的。」

沈洛年當下不管漲紅臉的葉瑋珊要如何反應，一轉身，往烤肉區走了過去。

一定是因爲現在能吸引自己的女人太少，才會這麼容易被葉瑋珊牽動情緒，太不公平了！沈洛年一面走一面暗罵，突然瞄到正在瑪蓮身側皺眉烤肉的奇雅，想起她也讓自己有點心動，要是能讓她多露一點，穿個短褲之類的，說不定可以產生平衡，而且她也不是這麼容易臉紅……對了，她之前說過有心上人，卻不知到底是誰？居然一直看不出來。

「洛年？」瑪蓮另一側的賴一心，看到沈洛年，笑著招呼說：「再來一塊？」

「你吃飽了沒？」沈洛年推了賴一心一把說：「去陪你的女人，輪我烤。」

「啊？」賴一心看了正紅著臉往這瞪眼的葉瑋珊一眼說：「你們聊了什麼？她生氣了？」

「對啊。」沈洛年胡扯說：「他說你只顧吃不陪她，還怒趕我走。」

賴一心一愣說：「她要我來吃的啊。」

「她反悔了。」沈洛年推了賴一心一把說：「快去。」

「喔。」賴一心只好站起，向著葉瑋珊那兒走去。

沈洛年坐到賴一心的位置，轉著他烤到一半的肉串，目光瞄到身旁的瑪蓮，見本來吃個不停的她停下了手，遠遠望著賴一心的背影，雖然表情不變，卻透出了一股黯然。沈洛年這才想起瑪蓮似乎對賴一心也頗傾心，現在看來是沒指望了，不禁有點小同情。

「洛年。」隔著瑪蓮的奇雅，突然遞過一串肉說：「這熟了，先吃。」

「喔？好，謝謝。」沈洛年正要接，瑪蓮眼見食物從眼前經過，回過神，一把搶過說：「這是阿姊的！」

「先給洛年啦。」奇雅說：「他才吃兩串，妳吃十幾二十串了。」

「唔……」瑪蓮噘起嘴，還在掙扎。

「沒關係。」沈洛年倒不是很餓。

「不行。」奇雅皺眉說：「先給洛年。」

瑪蓮嘟起嘴，不甘不願地塞給沈洛年，一面咕囔抱怨：「奇雅對洛年都特別好，阿猴你沒

希望了。」

侯添良和張志文正坐在對面，他聽到這話，當然只能苦著臉乾笑，也不敢多說什麼。

奇雅也懶得罵了，只瞪了瑪蓮一眼，繼續烤放在左手邊那一大排替瑪蓮準備的肉串。

倒忘了侯添良喜歡奇雅，這些人怎麼這麼麻煩？不過這和賴一心與葉瑋珊兩情相悅的狀況似乎不同，自己不可多事……

沈洛年想著想著，突然探頭說：「奇雅，我問妳一件事。」

奇雅轉頭望著沈洛年，和氣地說：「什麼事？」

「不是很重要……」沈洛年頓了頓說：「妳爲什麼全身都包這麼密啊？不能穿少點嗎？」

奇雅沒想到沈洛年也來說些沒意義的話，她有些不高興地搖搖頭說：「不爲什麼。」轉回頭看著火焰旁的肉串，不想說下去。

「洛年惹奇雅生氣了，這種話也敢問，活該！」在兩人之間的瑪蓮，幸災樂禍地偷笑，一面對侯添良打眼色，似乎在表示他仍頗有機會。

這樣問確實不是很有禮貌，沈洛年聳聳肩，站起說：「那沒事了，抱歉。」一面拿著那串烤肉，往外走了出去，找個沒人的地方，一面看海一面啃肉。

瑪蓮馬上擠在奇雅耳邊挑撥離間地說：「原來洛年也是大色狼一個，居然想看奇雅的腿！我還以爲那小子只偷看瑋珊的腿呢，怪了，他好像都沒看過我的腿……我的腿該不算難看吧？」

奇雅卻沒細聽瑪蓮的話，她有點不解，沈洛年不該會特別來調笑自己，爲何突然這樣問上一句？想來想去想不通，奇雅突然一推肉串說：「妳自己烤，我去問問。」

「嗄？」瑪蓮一呆，奇雅已經站起，朝沈洛年走去，一面扔下一句話：「妳別跟過來胡鬧。」

瑪蓮本想跳起，又被那句話壓著不敢動，只能憤憤地罵說：「看樣子還是洛年比較有希望。」

張志文也跟著點頭說：「阿猴要學一學洛年的招數。」

侯添良尷尬地搖頭說：「別說了，我本來……就沒抱什麼期望……奇雅根本不理我。」

「阿猴死心也好。」瑪蓮哼了一聲，遠遠偷看沈洛年那邊說：「但是洛年也別想搶我的奇雅。」

「阿姊妳這樣不對喔。」張志文笑說：「怎麼能不准奇雅交男朋友？」

「沒不准啊！」瑪蓮晃著腦袋說：「但至少要夠優秀的，譬如說打架比我厲害的，這才夠資格追阿姊或奇雅！」

「那不就只有一心辦得到？」侯添良嘟囔地說。

事實上瑪蓮已經磨練了數年刀藝，身手確實比一心之外的其他幾人流暢不少，加上吸收大量妖質，配上洛年之鏡後，運用著那充滿爆炸力的強大炁息，現在能打贏她的人還眞的不好找。

「可是洛年感應力強啊。」張志文說：「也有贏妳的地方。」

「唔……」瑪蓮倒是被這句話堵住了，抓抓腦袋，說不出話來。

「我也有贏過阿姊的地方喔。」張志文嘻嘻笑說：「那我可以追求阿姊嗎？」

「靠，你這死蚊子別肖想！」瑪蓮忍不住笑罵：「你哪兒贏我了？」

「我腦袋有時候轉得比阿姊快一點點啊。」張志文笑說。

「自吹自擂不害臊，想追阿姊你等下輩子吧！」瑪蓮好笑地搖了搖頭，還是忍不住擔心地看著奇雅那兒。

而另一面，沈洛年發現奇雅突然接近，當然也頗意外，詫異地轉頭看著奇雅，等她開口。

奇雅遲疑了片刻，終於皺眉說：「爲什麼突然問那種問題？」

確實不該問，沈洛年搖搖頭說：「沒什麼，是我太無聊。」

奇雅站在沈洛年身旁，沉默了幾秒之後，才突然說：「我腿上、手臂上，都有很大片的燙傷，很難看。」

沈洛年一怔，望著奇雅說：「我不知道，抱歉。」

奇雅轉頭看著大海，忽然說：「但是我突然覺得，也許該把這些傷疤露出來。」

「嗄？」沈洛年一愣。

「十三、四歲的時候，因爲這些傷疤，我有點自卑，才養成穿這種衣服的習慣。」奇雅說：「但是那種心態早已消失了……」

「那很好啊。」沈洛年說。

奇雅想了想，把左手運動服的袖子捲過肘彎處說：「你看。」

沈洛年望過去，在月光下，果然看到一片淡淡粉紅色的痕跡往上延伸，雖然挺大片，卻不算太明顯，沈洛年望了望說：「不算明顯。」

「小時候顏色很深，長大才慢慢淡掉的，但還是看得出來。」奇雅說：「摸起來還有點凹凸不平……」

「妳剛說腿上也有。」沈洛年有點訝異地說：「怎麼會這樣的？」

「我小時候是因爲受虐，才被社工帶走的……」奇雅緩緩說：「那些該是當時被熱水燙的，不過我都忘記了。」

沈洛年一怔，看著奇雅那平淡無波的表情，卻感受到她藏在心底那已不濃烈、但仍綿長的哀痛，沈洛年一陣心酸，皺起眉頭，忍不住伸手輕撫著奇雅的傷疤說：「還會痛嗎？」

沈洛年剛伸手的時候，奇雅微微一愣，手臂自然後縮，但聽到沈洛年這句話，她心一暖，停下手任沈洛年以指端輕撫，緩緩說：「早就不痛了，不過有時候還會發癢，總覺得沒法完全長好……這麼難看，你沒被嚇到嗎？」

沈洛年搖搖頭，指尖滑過那片帶著粉紅色的皺摺，輕輕握住奇雅潔白如筍的小手端詳，一面說：「很漂亮。」

奇雅一怔抽回手，微微板起了臉；沈洛年回過神，一時也不禁有點尷尬。

「你想幹嘛？」奇雅放下袖子，微側著頭看著沈洛年說：「不怕懷眞姊生氣？」

沈洛年望了望正在男人群中笑鬧的懷眞，苦笑說：「不會的。」

奇雅也跟著望向懷眞，又看看沈洛年，她不解地搖搖頭，想了想才說：「我不明白你們兩個，但你不是知道……我對你完全沒興趣嗎？」

沈洛年反而覺得這樣比較好，點頭說：「我知道啊。」

奇雅有點訝異地看著沈洛年說：「那你……」

沈洛年搖頭說：「我只是想偶爾看看妳……並沒有其他目的。」沒感覺最好，別像葉瑋珊那樣三不五時就羞紅了臉，害人總忍不住心癢。

奇雅皺眉說：「可是我不喜歡被人看啊。」

這話也有道理，沈洛年抓抓頭說：「那當我沒說吧。」

奇雅實在搞不懂沈洛年，想了想，她搖頭一笑說：「看不看先不管，衣服我會考慮一下。」一面轉身往回走。

另一面，瑪蓮卻快要暴走了，從奇雅翻起袖子，到沈洛年伸手觸摸並抓住她手的時候，瑪蓮就差點衝了過去，多虧張志文和侯添良兩人攔住，瑪蓮被兩人拉著，回頭生氣地說：「你們倆幹嘛？」

「阿姊別去啦，人家正談情說愛、摸來摸去，妳殺過去奇雅會生氣啦。」張志文說。

「阿猴你也拉我？」瑪蓮憤憤地說：「你難道不在乎奇雅被搶了？」

「奇雅喜歡洛年，我有什麼辦法？」侯添良苦著臉說：「阿姊別去亂啦。」

「靠，你倒是挺大方的！」瑪蓮瞪眼說：「不行，我要過去搗亂！奇雅是我的！」

「過去幹嘛？」三人身後突然傳來聲音。

「去搗亂啊！」瑪蓮回頭一看卻是奇雅，一呆之下，結結巴巴地說：「沒……沒有，妳……回來了？」

「嗯。」奇雅在瑪蓮身旁坐下，繼續烤肉。

「怎麼了？跟洛年說了什麼？」瑪蓮好奇的問。

「沒什麼。」奇雅頓了頓說：「妳身邊有……長點的短褲嗎？」

「幹嘛？」瑪蓮吃了一驚說：「妳要改穿短褲嗎？」

奇雅看著火堆，慢條斯理地說：「還在考慮。」

「哇！」瑪蓮怪叫說：「妳幾年沒穿過了？洛年小子說的話這麼有用喔？不給。」

「囉唆。」奇雅好笑地說：「不然我去跟瑋珊借裙子。」

「不行！」瑪蓮嚷：「不可以穿裙子！那樣他太方便了！」

方便什麼？奇雅又好氣又好笑，忍不住瞪了瑪蓮一眼。

張志文忍不住低聲笑說：「阿姊的意思是，瑋珊穿裙子是為了一心方便。」

「靠，我可沒這麼說，你這壞蛋蚊子別害我。」瑪蓮忍笑罵完，又回頭湊近奇雅問：「還有說什麼？你們兩個現在是怎樣了？」

奇雅卻不開口了，只微微翹起嘴，嘴角露出一抹笑意，瑪蓮越看越是懷疑，可更急了，但一時之間，她抓頭搔耳的又不知道該怎麼問下去。

沈洛年和奇雅分開之後，卻往葉瑋珊和賴一心那兒走去，這時賴一心手輕摟著葉瑋珊的腰間，葉瑋珊則輕靠著賴一心的肩膀，兩人正低聲絮語。

望見沈洛年走近，葉瑋珊一怔，推開賴一心的手，坐直了身體，想起剛剛的話，忍不住氣呼呼地瞪著沈洛年，賴一心卻呵呵笑說：「洛年，瑋珊說她沒抱怨啊。」

「隨便啦。」沈洛年說：「我有事要說。」

葉瑋珊看沈洛年沒事人一般，忍不住生氣，嘟著嘴不開口，而且剛剛沈洛年握著奇雅手的過程，葉瑋珊可不是沒看到，她一頭霧水，又不好開口詢問，這下可更悶了。

賴一心看葉瑋珊不吭聲，便開口說：「什麼事？」

「剛剛那種妖怪聚過來了喔。」沈洛年說：「我注意到的時候，已經四面八方整片了。」

這可不能開玩笑，葉瑋珊本就不是眞的生氣，一怔站起說：「多少？多遠？」

「多少不知道，但是很多。」沈洛年說：「七……八百公尺、不到一公里，一個大半圓包著。」

因爲本來各處都有妖怪跑來跑去，不是很近的，沈洛年也不會特別去注意，剛剛突然感覺妖怪的聚集狀況有點不大正常，彷彿某些地方特別密集，他一留神，才發現妖怪集中到了外圍的大片弧形區域，這才知道眾人隱隱被包圍住了。

「我通知大家小心。」葉瑋珊往外飄，一面輕拍著手說：「拿著武器集合，周圍有狀況。」

眾人一怔，馬上聚在一起，聽了沈洛年報告狀況，奇雅當即說：「火要滅掉嗎？」

「也好。」葉瑋珊點了點頭，奇雅當即往外飄，七首幾下揮動，彷彿變魔術一般，火焰霎時消失，若不是這時正緊張，大夥兒應該又會圍上去問東問西。

「這兒太遼闊，要不要找個房子抵擋？」黃宗儒跟著說：「類似堡壘那樣？」

葉瑋珊搖頭說：「一般牆壁擋不住這種妖怪……我們去那個……廢墟前等吧，至少少一面敵人。」

葉瑋珊指的是一幢原本坐落在海濱的白色大型建築物，不過現在已經倒塌崩散成一個十餘公尺高的混凝土石山。

眾人移到那兒之後，賴一心對其他人開口說：「我們保護不了這麼多人，你們二十個人靠著石山結陣，我們白宗在外圍衝殺，看能不能早點趕走對方，自己要小心。」

「我和洛年不會打架，可以保護我們嗎？」懷眞嘻嘻笑說：「不然我們逃上空中好了？」

這兩個眞不會打架？葉瑋珊不禁有點狐疑，但仍說：「你們在陣裡隨著我們吧，周圍有什麼變化也好先一步告訴我們。」

「好啊。」懷眞眨眨眼說：「氣氛不大對了……」

沈洛年也說：「恐怕是快了……」他說到這兒，突然遠遠一聲怪吼，周圍轟隆隆傳來震地聲，似乎四面八方許多沉重的身軀正往這兒衝來，這下也不用他提醒，大家都知道妖怪開始進攻。

「結陣！」白宗人當下各就各位，其他二十人則靠著大片坍倒廢墟，繞成一個半圓，靠著廢墟內側躲避，雖然機會很小，大夥兒仍希望能就這樣躲過妖怪的搜尋。

但畢竟沒這麼好的事情，幾隻從旁邊穿過的鱷頭猩猩，一發現眾人馬上轉頭，怪叫著向著人群衝來，跟著周圍的妖炁紛紛集中，無數的鱷頭猩猩對著這兒殺來。

賴一心等人馬上開始動作，對付這種妖怪不用動用全力，眾人武器上只騰出淡淡光焰，對付著殺來的妖怪，因爲敵人不強，眾人的陣勢比較鬆散，外圍五人成半圓散開，圍著內圈的五人，更後面才是那二十多人。

只不過幾分鐘的工夫，賴一心等五人面前就躺下了一大片，瑪蓮和吳配睿站得稍前一點，兩把冒著熾焰的武器狂揮，一刀過去砍死好幾隻猩猩，尤其是吳配睿的大刀，揮動距離幾乎是瑪蓮厚背刀的一倍，殺的數量很快就超過了瑪蓮，瑪蓮見狀，忍不住衝得更前面了些，幾乎是殺到了猩猩堆中。

吳配睿更不認輸，一樣往前踏步，兩人一左一右，運足了爆勁炁息，只會用拳頭和大嘴撕咬的猩猩們根本不是對手，不到一分鐘，倒下一大群在地上掙命。

當中的賴一心見狀，揚聲說：「志文、添良，漏掉的交給你們，瑪蓮、小睿，回來點，炁息省點用。」一面跟著往前踏了一步，搶下了三分之一左右的猩猩。

他也不揮動長槍，就這麼托槍在手，身形不動，長槍倏然往前穿刺又倏然回收，主攻猩猩的胸腔部分，每一刺就戳翻一隻猩猩往後摔，幾秒過去，他正前方也倒下了一大片。

而瑪蓮和吳配睿被他一提醒，這才想起猩猩不知道有多少，萬一把炁息用光可就糟糕，兩人都收斂了些，不再這麼大開大闔地揮動武器，配合著賴一心，三人聯手，攔住了前方整片空間。

左右邊際，刀槍交界之處，偶爾也有幾隻漏下的穿入三人的威力圈，但動作奇快的張志文與侯添良馬上閃了過去，細長劍以穿刺的方式攻擊，從各種不同角度，針對著猩猩的腦袋戳，總之是戳一隻就死一隻，看起來威勢雖然不大，卻沒有一隻猩猩能在兩人的範圍內活上半秒。

就這麼大戰了兩分鐘，周圍死了不知多少猩猩，卻沒有一隻衝過五人組成的防禦圈，直到這個時候，葉瑋珊、奇雅、黃宗儒三人都還沒出手。

後方二十餘人，雖然知道白宗眾人似乎很厲害，卻沒想到能強到這種地步，單看妖炁，這些猩猩妖怪確實不下於鑿齒，一般變體引炁者，就算練過四訣，加上結陣，在這種道息濃度下，頂多能同時應付兩、三隻，像白宗這樣彷彿砍菜切瓜一般，五個人就攔住了百千隻猩猩，根本是無法想像的事情。

就在這個時候，月光下，一道巨大的黑色身影突然閃過，一張幾乎有半個人高的巨口，倏然對著站在外側的吳配睿咬了過去。

直到這一瞬間，眾人才突然感覺到一股強大的妖炁湧出，那妖物仍是隻鱷頭猩猩，但竟比一般猩猩還大上半倍。

吳配睿吃了一驚，她扭身間，大刀向著那巨嘴直砍，兩方一碰，猝不及防沒運足力的吳配睿被震得往後飛退，大刀差點捽脫了手，而那巨猩似乎沒打算放過吳配睿，後腿一彈，垂到地面的一對巨掌往後一推，對著空中飛翻的吳配睿又追了過去。

「小睿！」眾人都驚呼了起來，之前的猩猩太好應付，每個人都有點掉以輕心，為了打持久戰，也沒運足炁息，這一瞬間都來不及支援。

只見飛翻在空中的吳配睿，在半空中叱了一聲，身上猛然炸出熾焰，扭身間大刀上爆出紅色龍焰，彷彿破開天際一般，一聲破空銳嘯聲傳出的同時，纏著紅焰的大刀，對著那張追來的巨大鱷嘴迅速揮了過去。

那巨大猩猩妖怪似乎也發覺這刀不好惹，急忙扭頭閃避，具有這種妖炁的強大妖怪，動作自然也不慢，這刀沒能砍上他腦袋，只把他肩膀砍下了一大塊血肉，同時他那粗長的手臂一揮，拍到了大刀上，把吳配睿打得穩不住身子，往後踉蹌退開，巨猩怪吼一聲，正要追擊，瑪蓮和賴一心已經趕到，刀槍齊揮，逼退了巨猩。

「瑪蓮退。」賴一心輕喊了一聲：「結陣。」

「讓我砍了這隻！」瑪蓮正想往前追砍，突然身前銀槍閃過，賴一心的長槍已經橫在眼前，只聽賴一心沉聲說：「退！」

瑪蓮一怔，這才停下腳步，抬起頭一看，她不禁倒抽了一口涼氣，四面來了數千猩猩妖怪也就罷了，怎麼遠遠近近，像剛剛那種大型的也有十幾隻？這種傢伙一對一都未必好應付，居然來這麼一大群？這下……好像有點麻煩了。

ISLAND

滿山滿谷的難民

眾人看到周圍的狀態，都不禁縮緊了戰圈，沈洛年也在心中暗暗吃驚，這些巨猩收斂了妖炁，混在猩猩群中接近，因爲性質類似，自己不方便一個個細查，一時感應不出來，看樣子這種感應能力，在對方刻意收斂的時候，不易分辨出強弱……

這些鱷頭妖怪可不給眾人商議的時間，也不知道哪一隻先怪叫一聲，那十幾隻巨猩往前一撲，領著無數隻猩猩，再度往眾人殺了過來，其中對著賴一心等人撲來的巨猩，就有五、六隻。

這該怎麼應付？賴一心首當其衝，他長槍一引，帶著前方的巨猩鱷嘴往旁一推，讓正面兩隻巨猩撞在一起，滾在一旁，但另外兩隻卻一左一右地衝向瑪蓮和吳配睿，還有幾隻巨猩高高躍起，向中央葉瑋珊等人站著的地方跳去。

從剛剛那一次接觸，瑪蓮和吳配睿已經知道這種巨猩的實力，對方怪力雖然不易抵擋，卻也不是砍不傷，一對一沒有太大的問題。吳配睿往旁一閃，避開對方的攻擊，靠著大刀的長距離，對巨猩脖子掃去。

至於瑪蓮，卻是以厚背刀護身，側身往對方懷中閃，一閃間大刀往對方胸腹間拖揮。

但這邊巨猩大嘴一扭，對著吳配睿的大刀直咬，另一邊巨猩雙手急閃，拍抓瑪蓮身軀，兩人都是一驚，扭身避開了追擊，往後退開了幾步，也沒能砍到巨猩。

「退。」賴一心長槍揮動間，借力打力，推開了追撲瑪蓮的巨猩，跟著彈身間長槍再轉，又迫開了想咬吳配睿的巨猩，一面說：「擾亂！」

這是另外一種陣形的暗號，瑪蓮和吳配睿聽到指示，同時退到了陣中，而張志文和侯添良卻已往外衝出，貼地疾旋，繞著一群巨猩亂轉，長劍帶出一片耀目橙光，隨便亂戳，兩人也不打算眞傷到猩猩的要害，不求有功、但求無過，在安全的範圍內能戳就戳，戳不到也無妨，這樣一鬧，五、六隻巨猩被他們纏得怪吼怪叫，不斷跳腳揮手、齜嘴亂咬，就是打不到人。

而賴一心長槍揮動，也不求傷敵，那盤著青色光焰的銀槍，如龍似蛇地在空中繞動，發揮出柔勁的功效，一面不斷移位，一面借力打力地推帶著巨猩們亂轉，也纏住了三隻巨猩。

但除了這些之外，仍有幾隻衝向陣勢中央，黃宗儒的盾面已經泛出一大片紫色炁牆，團團圍住眾人，普通猩猩自然是打不進去，偶有幾隻巨猩衝近，他擋個幾下也不成問題，接著很快又會被賴、張、侯等人引走。

緊跟著，瑪蓮、吳配睿覷了個空，突然同時殺出，對著一隻正被賴一心兜得重心不穩的巨猩撲去，兩人大刀同揮，倏然把那隻身子還歪著的巨猩砍成三截，在周圍巨猩大驚之下，兩人完全不停留，又彈身退回了結陣區。

這就是應付強敵時的擾亂型戰法，無論如何，具有破壞力的瑪蓮和吳配睿才是白宗的殺著，但兩人不適合和敵方糾纏，這樣眾人彼此互補，可以應付更強大的敵人。

不過巨猩們似乎也不是笨蛋，不少人轉身又對著陣勢衝去，但黃宗儒只要能挺住片刻，賴、張、侯等人的槍、劍，馬上沒頭沒腦地從背後戳個不停，逼得他們不轉頭也不成，一下子又纏成一團。

很快地，瑪蓮和吳配睿又找到了機會，兩人再度衝出，又殺了一隻巨猩。

這面雖然似乎挺順利，但隊伍之後那二十人，可就十分辛苦，雖然大部分巨猩被白宗人吸引過去，但那一大群普通的猩猩，卻繞過了前面的戰團，向著那些人殺去。

這二十人本就是烏合之眾，還有一大半人武器還沒淬鍊過，只能拚著老命不斷發出劍炁掙扎，還好眾人都練過四訣，劍炁連發之間，勉強還能抵禦一陣子，但猩猩數量太多，眼看越逼越近、就要撐不下去。

那群人正感絕望，眼前一顆冒著紅光的炁彈倏然飛來，就在猩猩們聚集的地方轟然炸開，一下子猩猩們到處亂滾，死傷慘重，怪叫連連，眾人連忙加催劍炁，又把猩猩們逼退了此許。

「炁彈？」奇雅有點意外地說了一聲。

「他們快撐不下去了，那兒沒有大隻的，炎術太浪費。」葉瑋珊輕聲說：「妳用道術對付這兒，我看著那邊。」說到這兒，葉瑋珊又扔了一顆炁彈，把那端的猩猩們炸得屁滾尿流。

「好。」奇雅這幾分鐘也已稍做了累積，把一部分炁息交託給凍靈，當下匕首一揮，突然空中無端端衝出一道寒氣，對著一隻巨猩的鱷魚腦袋衝去，寒流一過，那巨猩頭上突然結出一片白霜，他一呆，閉著眼睛，雙手往上抓著腦袋，痛苦得亂叫。吳配睿和瑪蓮一呆，還沒來得及衝出去，賴一心覷空飄過，長槍倏出倏回，已經穿過了巨猩胸口，只見一大片鮮血往外狂噴，那巨猩轟地一聲往下摔倒，還撞翻了幾隻普通鱷頭猩猩。

奇雅卻不停手，對著另外一隻巨猩又放出寒氣，這巨猩已發覺有異，感覺不對就閃，險險避開了腦門，但身體還是被寒氣吹得僵住了一剎那，當下瑪蓮和吳配睿同時撲出揮刀，又殺了這隻巨猩。

一瞬間巨猩連死了四、五隻，周圍的猩猩們都狂叫了起來，奮不顧身地往前衝，本來還能在巨猩間騰挪的賴、張、侯三人，身旁突然塞滿了普通的鱷頭猩猩，這下沒了騰挪空間，三人迫不得已只好退到了陣內外，眼看幾十隻怪物同時掩來，奇雅和葉瑋珊兩人對視一眼，不約而同地揮動匕首，兩人一左一右，在陣外同時打開了玄界之門。

當下左邊一大片狂猛的炎氣往外湧，首當其衝的十餘隻猩猩上半身直接皮骨化灰，在陣前倒下，洶湧的熱浪往四面直湧，後方數十隻被餘威掃到的猩猩，則是渾身毛髮燃起，皮膚起泡、焦爛，一面怪叫一面亂跑。

另一面奇雅施術之處，卻是倏然降到了冰點以下，寒氣衝出的同時，周圍的空氣霎時凝結成霜，最前方一群猩猩眼珠爆裂、腦門凍僵，硬梆梆地翻身倒地，後面數十隻猩猩更是凍得手腳發麻、進退不靈。

兩人這一出手，一下子大小猩猩倒下了一大片，但這兩股強大的道術，只支持了幾秒，就把兩人剛剛累積的炁息，加上身上儲存的炁息完全耗盡，兩人一收勁，身子都有些發軟，連忙揮匕引炁入體，顧不得其他的事情。

「上！」賴一心當機立斷大喊一聲，拖著長槍往外就殺，除了他以外，瑪蓮、吳配睿、侯添良、張志文，都拿著武器往外衝，已經倒下的猩猩不管，還有一大群被炎流、凍氣衝得渾身劇痛、僵直不靈的猩猩，不趁這時候殺還要等到何時？

五人彷彿老虎屠羊一般地往前衝殺，一下子又砍死了一大片，這時某隻殘存的巨猩突然怪叫一聲，眾鱷頭猩猩們紛紛轉頭，同時往外奔逃，一下子千餘隻猩猩妖怪跑了個精光，只留下了滿地屍體。

打贏了？追殺出去的五人，不約而同地喘了一口氣，同時往回走，但回頭一看，卻不禁有點愕然，卻是剛剛那一陣衝殺，白宗眾人雖然頂住了猩猩群的狂撲，還將之殺退，但那二十餘人卻撐不住那短短的幾秒鐘時間，已經躺下了一大半。

眾人連忙救死扶傷，躺下的十餘人中，韓國人躺下兩個，兩個日本人一個死亡、一個重傷彌留，似乎也是不成了，只迷迷糊糊地一直說著日語，誰也不知道他在說什麼。

死亡的無法可想，輕傷者隨便包紮起來即可，但重傷可就有點麻煩，眾人都沒學過醫術，身旁更沒有什麼繃帶藥物，看著幾個重傷的人流血不止，拿著衣服壓按又無法止血，大家不禁手忙腳亂，每個人都慌了。

侯添良正在處理那個日本人肚子的大破洞，一面苦著臉皺眉把他的腸子往內塞，但一塞進去又啪嗒噗通地滑出來，不管怎麼塞似乎都塞不回去，而那日本人又一面喘氣一面咕嚕咕聒地低聲說個不停，侯添良又氣又急，忍不住叫：「幹！你別說了啦，我不懂啦！」

那人也不知道有沒有聽到，灰濛濛的眼睛往上望，一面流著口水一面喃喃地還在說，侯添良轉頭慌張地叫：「這人肚子破了！誰有辦法啊？」

誰會有辦法？眼看沒人回答，侯添良顧不得滿手血和體腔分泌物，跳起逃開說：「我不管了啦！我也不會。」

另一邊，一個手臂被直接從肩膀硬生生扯斷的青年還在慘號，幾個人手忙腳亂地以衣服幫他綁起傷口止血，張志文還在猩猩屍堆中找到他那隻筋折骨碎的斷臂，但也不知道該怎麼幫他接回去，只好扔到他身旁放著，怎知那人看到手臂之後，叫得更慘了。

至於李宗兩人，李歐腦袋被打破了一半，早已經死透，李翰正跪在地上，有些痴呆地抱著他父親露出腦漿的頭顱，張大嘴發愣，身上滿是鮮血髒污，看不出來他身上有傷沒傷，後來好幾個人過去勸了半天，他才終於哭了出來，把父親李歐的屍身放下。

忙亂了片刻，仔細一算，死亡的不算，重傷無法行動的有五人，其中連那日本人在內，有三人眼看是活不了了，只是拖時間，正有一口沒一口地喘氣，剩下的七人大多有大小輕傷，雖然還可以自行移動，也未必有什麼戰力，簡單來說，剛剛猩猩們要是再晚退個幾秒，這些人恐怕就會死光。

那幾個重傷患者，其中有些人該仍有救，比如那位斷臂者……但眾人止血不得法，若沒有醫生診療，恐怕還是拖不了多久，至於其他幾個拖著沒死卻又不知道該怎麼救的人，大夥兒都避著不敢提，因為誰也不知道該怎麼辦。

葉瑋珊和奇雅剛剛才引完炁，看現場狀況，也不知該如何處理，不過葉瑋珊這時隱隱變成眾人的領導者，沒人肯拿主意的時候，她就得拿主意，可是她畢竟才十八、九歲，經驗也不算豐富，一時也不知該如何是好，只能看著那些呻吟的重傷患者皺眉。

漸漸地，能忙的都忙完了，眾人聚在葉瑋珊身邊，每個人都看著她。葉瑋珊遲疑了一下說：「這兒不能多留，做五個擔架帶著他們走吧……找看看……有沒有醫生。」

「城市裡面不是都妖怪嗎？」賴一心擔憂地說：「去哪兒找醫生？這島上還有活人嗎？」這些問題葉瑋珊沒一個知道的，只能咬著唇說：「你說該怎辦？」

「唔……」這一問，賴一心可愣住了。

「若帶著這些人往妖怪堆裡面闖，再遇到妖怪，他們死定了。」黃宗儒低聲說：「我的炁牆沒法長久護住這麼多人。」

「這兒太危險了，我建議直接離開。」一個來自總門的中年人湊近大聲說：「前方的遊艇港口似乎有幾艘中型帆船，該足夠大夥兒航行，我們雖然來自不同地方，但都來自亞洲，可以先到台灣，之後各人要去哪兒，另外再想辦法，這兒滿地的死猩猩，帶些上船應該夠吃。」

「帶這些受傷的上船？他們不就死定了？」賴一心詫異地說。

中年人微微皺眉嘆了一口氣，沒回答賴一心，另外一個青年見狀，忍不住接口說：「沒法子啊，把他們留下吧？」

賴一心吃驚地說：「怎能扔下他們不管？」

「不然怎辦？」青年說：「帶進去闖也死，帶上船也死，他們反正死定了。」

賴一心思索了片刻說：「這樣吧，我們找個安全的地方，大家先留一陣子，我一個人進去山裡找人，檀香山有幾十萬人，總不會都死光了吧？」

「怎能讓你一個人進去冒險？萬一遇到更強的妖怪呢？」葉瑋珊望著賴一心說：「要探路我們也得去。」

「我們都去，他們剩下的人就危險啦。」賴一心說。

「還是直接離開比較好。」又有人嚷。

「你們功夫雖然好，但太年輕了。」中年人也不死心地說：「我們並不是見死不救，是愛莫能助啊。」

瑪蓮見賴一心緊皺著眉頭，忍不住嚷：「別吵了，照你這樣說的話，我們根本不該管你們，你們又有啥用了？」

這話雖然是實話，可就有點難聽了，那幾個人無話可說，但不滿的神情都寫在臉上。

眾人討論的時候，沈洛年和懷眞站在人圈外，你看看我，我看看你，正偷偷交換著眼神，沈洛年看葉瑋珊爲難的樣子，有點不忍，拉近懷眞說：「要不要……」

「不幹！」懷眞聽都不聽。

沈洛年好笑地說：「幹嘛啦？」

「你要帶他們去找山裡面的人，對不對？」懷眞也壓低聲音，瞪眼嘟嘴說：「剛剛才說不管的。」

「我是沒要管那些山裡的人啊。」沈洛年指指傷者說：「問題是眼前這些人怎辦？」

「就直接上船啊。」懷眞嘟嘴說：「白宗以外的人都不用管。」

「我無所謂，但一心不肯啊。」沈洛年低聲說：「妳說該怎辦？」

「打昏他上船？」懷眞說。

「我可打不過他，妳上？」沈洛年白了懷眞一眼。

這倒也是，懷眞今天也見識了賴一心的身手，現在自己能力不足，不用道咒之術的話，想打昏這熱血少年可不容易。懷眞想了想，皺眉說：「就算肯去，我們只知道大概方向，一路上都是妖怪，怎麼殺過去？」

「我們兩個在空中探路、帶路呢？」沈洛年說。

「不行。」懷眞說：「偶爾上空中飛一陣子還可以，久飛不安全。」

「爲什麼？」沈洛年詫異地問：「以前妳不是都飛來飛去？」

「現在世界不同了，能長久飛行的，除有翼類的妖怪外，都十分強大。」懷眞說：「空中別無遮掩，我們兩個現在能力都不足，在空中晃來晃去，若引來強妖，躲都沒處躲。」

這下沈洛年也沒輒了，正皺眉，卻聽張志文說：「我和阿猴去探路吧，我們比一心逃得快，兩個人也有照應，其他人留著。」

「好啊，我們去。」侯添良點頭。

這樣好嗎？葉瑋珊和賴一心對看一眼，有點難以決斷。

「探路沒用啦。」懷眞看解決不了問題，終於開口說：「妖怪跑來跑去的，就算探的時候安全，大隊走的時候又未必了……」

「懷眞姊，妳誤會了。」賴一心搖頭說：「探路是想先找到哪兒有人，否則怎麼知道該往哪個方向？」

「我知道啊。」懷眞眨眨眼說：「就在東邊囉，有一群人。」

這話一說，眾人都吃了一驚，賴一心說：「東邊？」

「對啊。」懷眞點頭。

「還有其他地方有人嗎？」賴一心訝異地問。

懷眞眼睛轉了轉，本想隱瞞，又怕一會兒被揭穿，只好避重就輕地說：「北邊和西邊……好像也有，但遠了點，不確定。」

「哇！」賴一心高興起來，呵呵笑說：「懷眞姊怎麼不早說？」

才不想說呢，懷眞臉上卻不顯露，只裝傻般地笑說：「你們沒問我啊。」

「懷眞姊，東邊那群人，是在海邊嗎？」葉瑋珊也跟著問。

「不知道耶。」懷眞往東邊指了指說：「不到二十公里。」

「這方向……在海邊的機會很大，海上的妖怪也似乎比較少……」葉瑋珊目光一轉說：「既然這樣，我們乘船去！添良、志文，你們先去阿拉威碼頭找適當的小船，不用太大，我們用手划，其他人快做擔架，我們帶著人隨後過去。」

「好。」張志文和侯添良兩人一點頭，轉身往西，向著不遠處的遊艇碼頭奔了過去，其他人開始找尋木材，製作簡便擔架，帶著那五個傷者，準備沿著海岸線向東面移動。

□

張、侯兩人，在遊艇碼頭沒找到適當的船隻，反而在碼頭外圍找到一艘擱淺的長型木舟，眾人將五個擔架排在船中，蒐集了各種不同材質的槳，剩下的人分在左右，划槳往東方前進。

就這麼沿著海岸航行，還不到一半的距離，那個日本人已經斷了氣，眾人也無可奈何，繼續往前划，繞過鑽石山的時候，懷眞和沈洛年不禁含笑對視了一眼，卻是當時兩人飄上空中抓人的時候，便已從空中看到鑽石山，那時兩人同時想起，當初第一次碰面，沈洛年被懷眞一口吞下的地方，也是這樣一個火山口小盆地，此時再度看見，不免會心一笑。

繞過鑽石山繼續往東，海邊又出現兩個火山坑，其中一個火山坑崩了一角，變成一個海灣，另一個稍北一點的火山坑則比鑽石山略小，不到一公里寬。

「就在那山裡面。」沈洛年指著第二個火山口，到了這兒，他已經感應得很清楚了，那火山口東北角那端，正有千餘人守著，和許多妖怪對峙，不過沒有戰鬥的跡象。

「挺高的呢。」眾人望過去，看著這火山口西南面的山峰，似乎有千公尺高，加上火山口格外陡峭，倒是一個挺不錯的堡壘。

「東北方那端似乎沒這麼高，但是很多妖怪。」沈洛年靠著妖炁感應，粗略地判斷說。

「我們帶著傷者，別和妖怪衝突比較好，從這端爬上去。」葉瑋珊指示著眾人，往火山南邊的海岸線靠了過去。

這兒可不是威基基沙灘，硬梆梆的岩岸地形配上翻騰的凶猛海浪，可不容易上岸，眾人不禁有點後悔，剛剛前一個火山口海灣似乎沒什麼波浪，也許該從那兒上岸才對，不過已經到了這兒，大家也懶得回頭，多虧眾人都是變體者，縱然沒有技巧，靠著蠻力亂划與御炁操控，總算是有驚無險地登上了海岸。

埋了那肚破腸流的日本人之後，眾人提著四個擔架往上爬，好不容易翻上沿海公路，卻見原本寬敞漂亮的兩線道公路又是被破壞得一塌糊塗，大夥兒一腳高一腳低地往上爬，遇到比較麻煩的地形，靠著御炁縱躍，總算也一一度過。

沒有花太久的時間，大夥兒就翻上了火山口西南方的山峰，這時東方天際已經漸亮，眾人往山下一望，卻見山谷中一大片沙地，整排的營帳直往外排，不少人在帳篷間來去，看來這小小的火山口內，居然躲了數萬人。

再往不到一公里遠的東北方開口看去，只見那兒地勢較低，有個約百多公尺寬的谷口，不但架滿了槍砲，還有近千名拿著短劍的人堵在那個開口，遠遠看去，似乎都是總門部隊的人。

不過對那些鱷魚腦袋的猩猩妖怪來說，想翻上這兒應該也不算太困難才是，看來那些妖怪稍微笨了一點，看著高山就懶得爬了，否則若是從四面八方往內衝，裡面的人絕對守不住。

無論如何，總算看到人了！眾人歡呼了一聲，尤其是原屬總門部隊的幾個人，馬上一面怪叫一面往下衝，而下方不少人看到眾人，似乎也很意外，跟著嚷個不停，也有不少人往上迎。

片刻後，兩方相會，傷者自然也有人接了過去，一聊之下，才知道這兒叫作「可可山」，也是歐胡島一個著名的景點，在這兒率領部隊抵抗妖怪的人，眾人也不陌生，恰好是隨著沈洛年回返珍珠港的賀武與牛亮兩人。

原來當時天下大變，電力系統失效，每一台交通工具裡面的油料都自動爆炸，而美軍太平洋艦隊的母港——珍珠港，更是一連串彷彿無窮盡的大爆炸，火妖四處橫行，檀香山的數十萬人死傷無數，還惹來了畢方。

這一切都是一瞬間的事情，當時沒死的人，開始救死扶傷，但此時不能使用電氣用品，交通工具也只剩下腳踏車，和世界各地的聯繫更是完全斷絕，能救回的人十分有限，對普遍缺乏急救常識的都市人來說，找不到救護車的世界，根本只能傻眼看著自己親人死亡。

第一天就這麼過去了，當晚，在沒有電、一片漆黑的城市中，存活的人們在各處生了小火堆，一群群慌張地聚在一起，彼此詢問著狀況，討論著這不明白的現況，就在這時候，人們稱之爲鱷猩妖的妖怪群，突然從山中出現，撲往檀香山，不只拆房子、拆大樓，還見人就殺，當時留守在軍營的變體部隊和一些美軍殘留部隊，彼此配合掩護著，帶著存活的人們一路往外逃，最後才在這兒站穩腳步，四面收容僥倖沒死的人類。

至於食物、飲水、帳篷等物品，都是靠著這些變體部隊，翻山摸入城市中搬進來的，城市中取來的糧食，供應這數萬人吃個幾日問題不大，但大家心裡有數，不久之後糧食總會吃完，又沒地方可去，眾人坐困愁城，都不知還能撐多久。

等對方說完，剛回檀香山的這群人，也把噩盡島爆炸的事對賀武等人說了一遍，等兩方交換了情報，聊著聊著，眾人漸漸談到現在的世界，想到不明朗的未來，每個人都慢慢沉默下來。

過去這幾日，從噩盡島爆炸到運輸船翻覆，眾人在海上風浪之中，節省食糧、同舟共濟地返回夏威夷，一直沒時間細思，但到了這兒，看到了滿山滿谷的難民，那些沒敢去想的事情，終於浮現在腦海。

無論是總門還是各宗派，來到噩盡島，就是爲了除妖，避免妖界降臨時人類的浩劫，總門試了各種方法防止道息擴散，也是爲了達到這個目的，但這幾個月的努力，已確定化成泡影，眾人心中不免沉重。

過去縱然也有某些人想過可能失敗，但是失敗以後該怎辦，卻是誰也不知道……在這種情況之下，人們往往會迫使自己相信這樣的事不會發生，就算如今當眞發生了，還有不少人寧願逃避現實，也不肯相信。

在這些人中，除了眞正的妖怪懷眞之外，恐怕只有沈洛年對即將來臨的妖怪世界抱著無所謂的心態，一方面是懷眞早就讓沈洛年做足了心理準備，對於這天當眞到來，沈洛年並不意外；二來沈洛年不是什麼善心人士，雖然知道死了很多人，但只要自己沒看見，又或者自己不熟識，也就沒什麼感覺了。

看著眾人一臉頹喪，連一向有精神的賴一心都說不出話來，沈洛年漸覺氣悶，趁著眾人不注意，拉著懷眞往外溜。

兩人走到帳篷外，這時天色已亮，許多人走出帳篷，到糧食區，按照戶口領取食物，大大小小的孩子們，開開心心地在帳篷之間奔跑笑鬧，他們的父母卻是憂愁地坐著、站著，透出悲傷、茫然的模樣。

看著這些人的表情、情緒，沈洛年難免不舒服，他皺眉對懷眞說：「眞的不能飛嗎？」

「怎麼了？」懷眞不明白沈洛年的意思。

「不想看到這片慘狀。」沈洛年向人群望望：「想去別的地方逛逛。」

「低飛還好，高飛不大安全。」懷眞想想突然笑說：「剛剛他們不是提到過畢方嗎？」

「嗯，怎麼？」沈洛年說。

「大畢方還過不來，來的應該是小畢方。」懷眞說：「小窮奇和小畢方，從小一起打鬧長大，所以小窮奇應該也會來。」

那個莫名其妙突然跟著自己的老虎怪物嗎？沈洛年皺起眉頭。

「你這麼不講道理，萬一被窮奇看到，說不定又會被纏上。」懷眞忍笑說：「不怕麻煩嗎？」

這話聽起來眞不順耳，沈洛年哼了一聲說：「那老虎妖怪其實還挺可愛的。」

「可是你搶了小畢方的玩伴，小畢方說不定火大了會噴火燒你喔。」懷眞笑說：「而且窮奇不喜歡正常人，說不定會咬你朋友。」

果然是越聽越不順耳，沈洛年白了懷眞一眼說：「囉唆啦，不飛就是了。」

兩人逛了片刻，突然看到眾人走出帳篷，似乎終於討論出結論，白宗眾人正神色凝重地向著沈洛年和懷眞走去。

只要離開這群難民，就會舒服一點，沈洛年迎上去說：「可以回台灣了嗎？」

「還沒有這麼快。」葉瑋珊搖了搖頭說：「洛年，他們打算遷去噩盡島。」

「啊？」沈洛年先是一怔，隨即醒悟說：「對啊，那兒沒道息！你們跟他們說的？」

「不。」葉瑋珊說：「總門高層的人，還有被派去看守的人，都知道息壞這個特性。」

「那他們怎麼還讓這種事發生？」沈洛年詫異地說。

「對啊！」瑪蓮罵：「眞是一群混蛋。」

「眞是混蛋！」張志文跟著罵。

「都是白痴！」瑪蓮說。

「白痴！」張志文又說。

「臭蚊子！你幹嘛老學阿姊說話？」瑪蓮瞪眼。

「幫腔而已啊，阿姊。」張志文乾笑。

「少來，臭蚊子，以爲我不知道你想幹嘛？」瑪蓮不禁笑罵，她這幾日漸漸感覺到張志文的念頭，開始有點提防，不過又忍不住覺得有點好笑。

葉瑋珊不管兩人的吵鬧，對沈洛年接著說：「他們說，總門負責監控道息狀態的組織，最後傳來的消息內容說，道息濃度突然快速提升，要各地方應變……之後就沒消息了……」

看來和懷眞說得差不多，道息增加速度突然提升，使得總門要多造息壤丘也來不及……沈洛年沉吟說：「這麼多人，怎麼去噩盡島？」

「剛剛我們商量了一陣子。」葉瑋珊說：「他們說，那些鑿狸妖會攻擊跑到城市中的人，但他們逃到這荒郊野外之後，就比較不理會了，只聚集一部分普通體型的鑿狸妖盯著他們外圍，他們才守得住，不過每次去城市搬運東西，都很危險。」

「難怪他們守得住。」沈洛年說：「這和去噩盡島有什麼關係？」

「也就是說，如果在一個離城市比較遠的海邊建立起一個據點，也許可以不受打擾地造船。」葉瑋珊說：「等船隻造好，就可以分批來回噩盡島。」

「那我們呢？」沈洛年問。

「要另外建立據點的話，他們擔心人手不夠。」葉瑋珊說：「聽到我們說島上還有兩個地方可能有人，希望我們能協助他們把三方連繫起來才離開，這樣他們人手也會比較充足。」

「原來如此。」沈洛年和懷眞對視一眼，要幫忙找人就對了。

「這個島上如果主要是鱷猩妖的話，應該不難對付。」葉瑋珊又說：「那些猩猩似乎沒有出海的習慣，我們沿海找，應該省事很多，等他們三方人力匯合，造船的同時，也會派人到附近其他島嶼搜救其他人類，不過因爲那些地方可能沒有變體者，存活的人大概不多。」

這樣頂多拖個一天吧？倒也無傷大雅，沈洛年正點頭，賴一心突然笑說：「還有個好處喔。」

「怎麼？」沈洛年問。

「那位牛亮先生，會隨著我們走。」賴一心說：「他會駕船，打算帶我們去選一艘可以少數人操控的大型單桅船，教我們操作的方法，到時候我們就可以順著……那個什麼風？」

葉瑋珊見賴一心望著自己，微笑接口說：「副熱帶東北信風帶。」

「對啦。」賴一心笑說：「就是有一整片海面都是吹東北風，只要控好帆，很方便我們一路往西回台灣。」

原來有人會操縱帆船？也對，這兒人這麼多，有人會也不稀奇，沈洛年正想點頭，突然回頭望向懷眞說：「噩盡島上原來的妖怪呢？如果爆炸後沒死的話，會因爲沒有道息而死掉嗎？」

懷眞搖搖頭說：「噩盡島上雖然道息濃度最低，但還是存有道息，就算是那隻大隻的刑天，只要退到海邊，應該還可以支持下去，大概會不大舒服，妖炁也有些不足就是了。」

這麼說來，那些鑿齒、刑天、牛頭人、雲陽等妖怪，也都會存活著？這樣的話，還適合讓人去避難嗎？沈洛年遲疑著。

「也許還有一些妖怪存在著。」葉瑋珊接口說：「但那兒既然能排斥道息，可能是世界上最安全的地方了，我們回台灣之後，也打算帶人去噩盡島避難。」

「啊？」沈洛年狐疑地說：「那只是個小島啊，外圍又有妖怪，能住的地方很小吧。」

「噩盡島不是爆炸了嗎？」葉瑋珊說：「雖然沒有火藥爆炸這麼劇烈，但能把天空炸得滿片黑雲，體積至少大了好幾倍……」

「呃？」沈洛年倒沒想到這一點，訝然說：「會變多大？」

「不知道，這和周圍海底深度有關，不過那兒本來就是火山活躍的地方，海水並不深……」葉瑋珊說：「不管怎樣，都不會是過去那個小島了，被風向和地球自轉影響，爆起的泥土應該會大部分往西面呈放射狀滾落；不過到現在爲止，海平面沒有異常上升，應該也不會大得太離譜，可能……會又變大幾倍吧？」

那似乎就比台灣大了？沈洛年正思考著，葉瑋珊又說：「被派到世界各處的總門部隊，應該都會想到這一點，也會造船往噩盡島航行。賀武他們等這兒的人安置好，也打算派部隊往亞洲，把各地倖存的人帶過來，畢竟總門變體部隊的親人都在中國大陸。」

「呃？」沈洛年又是一愣，詫異說：「全世界都搬去的話，住得下嗎？」

這一瞬間，眾人的笑容都收了起來，誰都沒吭聲。

自己說錯話了嗎？沈洛年微微一愣，目光在眾人臉上轉了一圈，又回到了葉瑋珊身上。

葉瑋珊看著沈洛年，遲疑了一下才說：「洛年，檀香山市區有數千變體部隊，保住的人類也只有一成左右……」說到這兒，葉瑋珊終於說不下去。

沈洛年這下終於明白，這場大變之後，大量妖怪出現，如今世界上人類不知道還剩下多少，一個數百公里寬的小島，說不定已經夠住了……

ISLAND

快說「我答應妳」！

眾人正談論的時候，沈洛年突然一驚說：「西南邊，有妖怪。」

「什麼？」眾人一愣。

「很多隻昨晚那種妖怪，不斷從檀香山的方向跑來……」沈洛年說：「似乎聚集在我們上岸的地方。」

「他們找到了船嗎？」葉瑋珊暗暗懊悔，昨晚該把船扔到海中才對，她焦急地說：「會聽到這兒的聲音嗎？或聞到氣味？」

「隔了這麼高的山，應該不會吧？」瑪蓮說。

「若是找到了船……」黃宗儒皺眉說：「恐怕會順著我們移動的氣味和痕跡爬上山，當時很多人沿路滴著血。」

「若讓鱷猩妖殺進來就糟了。」賴一心一驚說：「我們上去迎戰。」

「我們打不過啊。」葉瑋珊拉住賴一心說，雖然她和奇雅從昨晚開始就一直不斷重複著引炁與玄界存納炁息的動作，但頂多能多支持個一陣子，若是鱷猩妖這次沒完沒了地撲來，那就完蛋了。

「總之先通知賀武。」奇雅說完，那雙明亮的眼睛一轉，看了侯添良一眼。

侯添良被奇雅這麼一看，精神大振，站直說：「我去通知！」跟著一溜煙地往營帳中衝了過去。

雖然情勢十分險峻，看到這場面眾人還是很想笑，尤其瑪蓮更是抱著肚子蹲了下去，掩著嘴偷笑個不停，奇雅只能白了瑪蓮一眼，輕嘆了一口氣。

「反正若眞要來，躲也躲不掉。」賴一心說：「我們上山頂觀察？」

「好。」葉瑋珊同意地點頭：「那……懷眞姊和洛年留在這兒，別去了。」

「我去。」沈洛年說。

懷眞瞪了沈洛年一眼才說：「我也去，洛年由我帶著，妳們省點炁息。」

葉瑋珊一怔說：「你們……」

「他們當然要去。」張志文忍不住插口說：「這兩個很神，是危急時刻的外掛，怎能不去？該開外掛的時候還是要開的。」

「外掛？」懷眞可聽不懂了，詫異地看著沈洛年。

沈洛年上次雖然聽過黃宗儒說明，卻也是半懂不懂，只知道和遊戲有關，反正不很重要，他懶得解釋，隨便搖了搖頭。

「那就一起去！」賴一心一面往前飄掠，一面回頭囑咐：「萬一衝突起來，先別和大隻的交手，大家四面繞行，能殺多少小隻的就殺多少小隻的，最後才拚大隻的……這樣存活的機會應該高一點。」

這戰法也不能說錯，問題是現在敵人太多，說不定小隻的還沒殺完就沒氣了呢？張志文忍不住說：「我可不想死啊……眞打不過，我們就閃人啊，這些猩猩未必追得上。」

「不能放著這些人不管。」賴一心說：「我們也未必打不過。」

張志文苦著臉說：「這……商量一下，別這麼熱心助人如何？」

「吵什麼？要走你自己走。」瑪蓮回頭罵。

張志文一縮脖子，嘟著嘴說：「我只是說說而已。」

「一心，方法不對。」懷眞突然說。

這時眾人已經開始往山上掠，距離拉近了些，賴一心詫異地低聲回頭問：「懷眞姊的意思是……？」

「這種智商低的妖怪，只是烏合之眾，殺小的沒完沒了。」懷眞說：「找出最強、領頭的那隻，殺了就全逃了。」

「啊！」賴一心輕呼說：「昨晚就是剛好殺到領頭的？」

「嗯。」懷眞點頭。

賴一心高興地說：「難怪當初洛年趕跑了刑天，鑿齒也退了……那等會兒要找看看誰是領頭的，不過大隻的也都長一樣，不大好找。」

「鑿齒、刑天那種比較聰明，懂得使用戰術，倒不一定會退，只算是你們運氣好……不過你能趕跑刑天？」懷眞詫異地看了沈洛年一眼。

「他自己跑的……跟妳提過啊，只碰他斧頭一下就被打翻老遠。」沈洛年摸了摸金犀匕，意思是要懷眞早點招出刀鞘的祕密。

懷眞白了沈洛年一眼，湊到他耳邊說：「你沒炁息，拔不開的，所以我上次才說，要開的時候我幫你開。」

原來是這樣？沈洛年看懷眞不像說謊，低聲說：「影蠱妖炁不行？」

「太弱了。」懷眞搖頭。

既然是這樣，也只好罷了，沈洛年不再多說，身體放輕，讓懷眞托著，隨眾人往上飄行。

到了山巔，眾人趴著探頭往下看，果然遠處海邊密密麻麻站滿數千隻鱷頭猩猩，正蹦蹦跳跳地怪叫，那艘船早已被拆碎得不成模樣，連那日本人的屍體都被挖了出來，不過眾人沒時間替他難過。大夥兒目光掃來掃去，在猩猩群中尋覓，雖看到好幾隻大型的，卻不知哪隻是領頭的？

正看間，張志文突然驚呼一聲：「那邊！」

「哪邊？」眾人順著張志文目光往西方望去，卻見一隻足有四公尺高的巨大鱷頭猩猩，正從檀香山的方向，手足並用地騰躍跨步走來，那巨鱷猩妖頭上的大鱷嘴近兩公尺長，百餘顆巨大而尖利的牙齒交錯排開，看來可以一口把普通人吃下肚中，這巨猩每一步都跳出老遠，本來已經破碎不堪的柏油路面，被他沉重的身軀一踏，硬梆梆的柏油土塊就四面飛射，周圍的猩猩紛紛往外避開，身旁自然而然空出一大圈。

看來不用猜哪隻是首領了……每個人都吞了一口口水。

「幹！那麼大隻，簡直是妖怪！」剛趕上不久的侯添良瞪大眼罵。

「笨阿猴，下面全都是妖怪。」瑪蓮好笑地說。

「我知道……」侯添良說：「但那隻……特別妖怪。」

「哈哈哈，什麼叫『特別妖怪』？就會胡說。」瑪蓮忍不住笑說：「再笨下去奇雅更不會要你。」

侯添良這下黑臉又漲紅了，說不出話來。

「這時候還鬧？」奇雅對瑪蓮輕叱了一聲，對侯添良淡淡地說：「別理瑪蓮。」

「是、是。」侯添良似乎把這當成安慰，臉上露出有點尷尬又有點開心的笑容。

「太好了！一定是那隻，不會找錯。」賴一心果然樂觀，轉頭看著葉瑋珊，輕喊了一聲：「瑋珊？」

葉瑋珊看著賴一心的眼神，知道他絕不肯放棄下面那群人逃跑，她輕嘆一口氣，低聲說：「若是對方眞的開始往上走，我們才下去。」

「好！」賴一心眼睛發亮，當下往後囑咐這次的戰術。

當賴一心說完的時候，張志文忍不住又說：「懷眞姊，我們打得過那隻嗎？」

「不知道……」懷眞搖頭苦笑說：「我也不認識這種妖怪。」

張志文偷瞄了瑪蓮一眼，見她又在瞪自己，當下不敢多說，把劍拔在手中，苦著臉望著下方的妖怪們。

賀武、牛亮等人，這時也已領了數百名變體部隊趕到，往下一望，看到那隻巨猩，都倒吸一口涼氣，一下子說不出話來，過了片刻才囑咐士兵，去下面調更多部隊過來，賴一心見狀低身跑了過去，和兩人商量戰術。

另一面，懷眞和沈洛年湊在一起，她正拉著沈洛年低聲說：「壞蛋！我跟你約法三章。」沈洛年這次搶著說要來，已經有點心虛，瞄了懷眞一眼說：「怎樣？」

「第一，我的雷術，只用來保我們兩人的命，別人我可不管。」懷眞難得收起笑容正經說。

這倒也合情合理，那是她累積許久的保命招式，自然不能為了別人亂用，沈洛年當即點了點頭。

「第二，若我抓著你逃走，你可不准再用道息掙脫！」懷眞瞪眼說：「我現在變這樣，就是上次被你害的。」

「呃……」沈洛年本想叫懷眞別管自己，但自己和她性命綁在一起，這話又說不出來，只好猛皺眉，不知該不該點頭。

「第三！」懷眞也不管沈洛年同不同意，接著又說：「這次事情結束，我們和白宗這群小朋友分開，我們倆自己回台灣。」

「嗄？」沈洛年一呆，詫異地說：「爲什麼？我們怎麼回去？」

「那樂觀小子天不怕地不怕又好管閒事，和他在一起，有多少命都不夠死，當然要走。」懷眞說的自然是賴一心，她頓了頓又說：「只有我們倆的話，貼著海平面飛，這點距離，頂多花兩、三天，中間累了偶爾找幾座小島歇腳就好，幹嘛陪他們坐一個月船？」

「這麼快嗎？」沈洛年吃了一驚：「不是說將近八千公里遠？」

「反正你可以變得很輕，和我自己飛差不多，兩、三天夠了。」懷眞哼了一聲說：「要是以前，哪需要這麼久？」

也對，搭乘飛機也才花十二個小時，懷眞以前比飛機還快，當然不用這麼久……沈洛年望著懷眞，還沒回答，懷眞已經瞪眼說：「快說『我答應妳』！」

「不要。」沈洛年搖頭說：「才不答應。」

懷眞生氣地說：「我是爲你好耶。」

「知道啦，我願意聽的時候就會聽。」沈洛年哼聲說：「不保證。」

「喂！」懷眞正要罵人，賴一心已經開口說：「結陣！」

沈洛年一怔，和懷眞跳起，自然而然地入了陣勢中央，卻見下方數千隻鱷猩妖，以那巨猩爲首，正在蹦蹦跳跳地亂叫，而目光都正望著這座山巔，看來似乎就要衝了上來。

果然隨著那巨猩一喊，這些鱷猩妖對著這片山壁就衝，不過這兒可是近千公尺高的山崖，就算是妖怪，也沒法一下子衝上，很快地，那巨猩一馬當先，衝在最前方，一路往上攀。

「上！」眼看時間差不多了，賴一心長槍一揮，帶著眾人往下衝，就在離山崖頂端約百公尺的地方，和巨猩群接觸。

領頭巨猩眼看這群矮小的人類出現，怒吼一聲，張大巨吻，對著賴一心撲來。

這鱷嘴張開足有兩公尺寬，這麼撲過來，眼前除了那張大嘴，根本什麼都看不到，賴一心感覺對方這一咬，蘊含了強大的妖炁，不敢輕忽，長槍斜斜推甩著對方的巨吻，一面往後撤。

但對方力道實在太大，賴一心長槍一彈，帶著身子往後甩，沒法順利卸力，對方一雙車輪般大的巨掌，已經對著賴一心抓了過來。

賴一心雖然失去平衡，卻不慌亂，他順著力道揮槍拍擊地面，借力又往後飄，閃開那兩掌，跟著喊：「難推，大家小心了。」

他喊聲的同時，侯添良和張志文同時衝了出去，繞著巨猩旋轉戳刺，但這妖怪也許就是懷真所說的皇族，強大的護體妖炁瀰漫體表，侯、張兩人勉強刺入半分，就感覺到強大的阻力，只好盡速拔出移位，否則一停下來，巨猩的掌或巨嘴說不定就接近了。

葉瑋珊和奇雅對視一眼，葉瑋珊先舉起匕首，默唸口訣，在巨猩面前開了一個玄界之門，準備引導出一股炎流，對著巨猩的腦門衝去。

但就在洞口剛開啓的同時，巨猩似乎發覺不對，倏然一閃身，避開了洞口，葉瑋珊沒料到會發生這種事情，動作做了整套，熱浪依然衝出，正繞到巨猩後方的侯添良差點撞上那股炎流，一燙之下，嚇得冒出一身冷汗。

「咦？」葉瑋珊驚呼一聲，不敢置信，因爲玄界之門並沒有實像，只靠著外炁開啓，沒想到對方居然只憑藉著對外炁的感應，就知道閃避？

「這該怎辦？」奇雅也吃了一驚，難道道術對這種妖怪無用？

「小一點來不及閃，大一點閃不開。」站在兩人身旁的懷眞迅速地說：「從上、下方攻擊較不好躲。」

懷眞說話的同時，巨猩正被張、侯兩人逗引得到處亂轉，瑪蓮和吳配睿同時衝出，焰般炁息催動到武器上，揮刀對著巨猩砍去，巨猩察覺到兩人的力道似有不同，顧不得追蹤張、侯兩人，一雙巨掌左右張開，瀰漫著強大的妖炁，對著兩女武器疾掃。

這傢伙的手不怕砍嗎？瑪蓮和吳配睿兩人心中同時冒出了這個疑問，瑪蓮一咬牙，不改方位，全力催動厚背刀，對著巨猩手掌砍了下去，吳配睿卻左手微微一提，使前端刀身下沉，準備閃過對方手掌，砍向巨猩腰腹之處。

同一瞬間，賴、張、侯等三人有默契地往前直撲，賴一心長槍盤繞，擊打巨猩下盤，張、侯體外倏然爆出一片橙芒，兩人同時躍起，衝上數公尺高，身劍合一、一左一右，對著猩猩腦袋上分隔老遠的兩隻眼睛飛刺。

巨猩不管賴一心的長槍，但尖尖的東西對著眼睛撞來可不妥，他巨嘴向著侯添良咬，一面避開了張志文的刺擊，同時瑪蓮厚背刀已砍上巨猩的手，轟然一聲巨響，刀身被妖炁所阻，砍不到巨猩掌上，但爆起的炁勁似乎仍傷到了巨猩，只見他怪叫一聲，縮著手亂揮，灑開了兩灘血，而瑪蓮卻也被這股力道反衝，往後退了好幾步，似乎也稍微吃了一點虧。

稍慢一點的吳配睿這時刀已經劃過巨猩臂下，即將砍上對方，巨猩的兩隻手卻都已經轉了過來，吳配睿只好拖刀後撤，多虧她大刀距離較長，勉強來得及在巨猩腰間拖過一刀，炸飛一片毛皮。

這時張志文和侯添良兩人在半空中倏然迫出炁息，一個憑虛轉身，閃過了巨猩攻擊，飄在數公尺外落地，巨猩連吃了幾個虧，正忍不住暴跳亂叫，突然腳下一空，卻是賴一心趁著巨猩分心，在他底盤搗亂的長槍終於帶歪了巨猩重心，霎時巨猩往後一跌，轟隆隆地往山下翻滾。

這時，後面那些大小猩猩已經衝了上來，巨猩這一翻，彷彿巨石滾山，一下子打翻了幾十隻猩猩，不過其他猩猩可不管這麼多，正對著眾人撲，有的追逐著賴一心等人，更多的是對著黃宗儒的炁牆衝來，而這個時候，懷真對葉瑋珊和奇雅的提點，才剛剛說完。

經過上次一戰的經驗，眾人大概知道了大小猩猩的實力，一般猩猩妖怪完全不是眾人的對手，但大型一點的猩猩，就算稍次，也足以和眾人纏鬥，這時若再被周圍猩猩一圍，那就有些麻煩了，賴一心等五人殺了幾隻猩猩之後，不得不往回退，直退到黃宗儒的防守圈外，靠著炁牆防禦。

這是過去常用的陣勢，外端的賴一心靠借力打力，不斷把猩猩挑開往外摔，瑪蓮和吳配睿分站左右，靠著招式剛猛硬劈，穿入的妖怪則由躲在後方的張、侯兩人處理。

不過五人頂多應付大約三分之一的攻勢，另外三分之二的猩猩，全部向著黃宗儒的紫色炁牆猛撲，雖然這炁牆結實如凝，對方無法突破，但這般耗下去恐怕也不是辦法。

一片混亂中，這時正該靠奇雅、葉瑋珊突破困境，兩人剛剛才聽完懷真的提示，她雖然說得快，葉瑋珊和奇雅兩人反應也不慢，一聽就懂，兩人正思忖，懷真已經說：「妳倆一左一右，在地上各開兩公尺寬的弧形門戶，別用太強的威力，浪費了。」

兩人對看一眼，測試般地分別各在左右地面上開了一圈寬達兩公尺的半弧形玄界之門，但卻不催請太大的威力，只見兩人默唸導引數秒，左方緩緩騰起一片熱氣，右方卻倏然凝成一片冷寒，踩在熱圈中的猩猩大聲驚呼怪叫，一雙雙毛腳燙得起泡，紛紛跳腳打滾著往外翻逃，至於冷圈中的猩猩，一雙雙毛腿卻一下子被凝結在地面上，全身發抖動彈不得。

果然好用！奇雅和葉瑋珊對視一眼，都十分高興。葉瑋珊心念一轉，輕喊一聲：「一心！」

賴一心一轉頭，看清了狀況，大喜說：「旋！」一扭頭，帶著陣勢對著冷圈那兒的猩猩殺去，那兒的猩猩妖怪正僵著發抖，賴一心等五個人凶神惡煞一般地揮刀砍來，還不是一下就被殺得乾乾淨淨。

但猩猩實在太多，剛清開一片，又衝了一群上來，同時那個翻倒的巨猩也已經重新衝上，一面推開其他的猩猩，一面怪叫著對眾人衝。

賴一心等人又轉了回去，繼續迎戰那巨猩，而巨猩這時似乎火冒三丈，雙掌快速地到處亂揮，巨口亂咬，別說五人不易欺近，連其他猩猩都不敢靠近。

這對眾人來說倒是好事，攻防之間不用擔心被其他猩猩偷襲，眾人陣勢排開，就如剛剛一般，賴一心一面騰挪一面和猩猩纏鬥，接下大半的攻擊；張、侯兩人則在周圍亂轉，多少偷刺兩下；瑪蓮和吳配睿則覷準機會快速衝入，一擊即走，不管成功失敗都快速退出，白宗就這樣和巨猩僵持起來。

而巨猩因為身形巨大，攻擊眾人大都是由上往下揮擊，每一次衝突狂撲打空時，火山岩凝成的山石就被轟得四面亂飛，這五人一妖纏戰的地方，更沒有其他猩猩敢靠近。

剛剛那稍一接觸，眾人已經知道，那巨猩雖然不下於刑天，但合眾人之力，已勉可一搏，問題反而是其他沒完沒了的猩猩，雖然他們對道術沒有抵抗能力，但是這麼幾十隻、幾十隻地殺，要殺到什麼時候？

總算兩人每次施術，左右兩大片地面的火燙和冰寒總會持續一段時間，猩猩群一下子也不敢太過接近，這才讓黃宗儒炁息消耗的速度降低了些。

葉瑋珊眼見久戰下去終究會吃虧，轉頭求援說：「懷眞姊，我們該怎麼用咒術對付那隻大猩猩？」

「妳們還沒配合練習過，大範圍的會誤傷他們。」懷眞沉吟說：「試試使用連續小範圍的干擾吧，奇雅凍他的腳看看，周圍的猩猩妖怪就讓瑋珊對付。」

「好。」兩人同時應了一聲。

葉瑋珊施術的同時，奇雅目光轉向巨猩的戰團，舉著匕首。

此時那巨猩似乎被激起了怒火，不斷地蹦跳攻擊，固然因爲體積龐大，不至於趕上猶如電閃的張、侯兩人，但瑪蓮、吳配睿卻已經不大敢隨便靠近，連賴一心都頗爲吃力。

「不行嗎？」懷眞看奇雅拿著匕首遲疑著沒出手，開口問。

「一直動……來不及。」奇雅搖頭。

「那麼妳還是對付周圍的猩猩。」懷眞說：「免得瑋珊一個人支持不了。」

「好。」奇雅和葉瑋珊對望一眼，繼續一左一右地緩緩催動著道術，總之殺是殺不完的，先不以傷敵爲目的，讓對方不敢靠近即可。

懷眞看周圍穩定下來，說：「妳們唸咒速度和凝炁動作以後要多練，還太生疏。」

兩人連忙點頭，不用懷眞提醒，經過今天這一戰，兩人都知道還有太多地方需要加強，除這些以外，道術和賴一心等人招式的配合，也需要花時間練習。

不過無論如何，至少要撐過今天這一場，眾人目光都望著巨猩那邊的戰局，若是那兒拖得太久，炁息耗盡，這場仗就不用打下去了。

「我去幫忙。」沈洛年突然對懷眞低聲說。

「喂！」懷眞一把抓住沈洛年說：「這妖怪比普通刑天還強，你萬一被打到就爛掉了，這次可不是平整的斧頭。」

沈洛年知道懷眞的意思，上次被砍成兩截還能活下去，除了血飲袍和體內道息的奇效之外，最主要還是因爲那大型刑天的斧頭表面平滑，加上速度奇快，自己腰部被砍斷的裂口還算平整，而這巨猩雖不如那隻大型刑天，但若被巨猩用手掌打傷，身體說不定會爛成一團，就算有血飲袍幫忙，大概還是非死不可。

「但是他們傷不了那妖怪啊。」沈洛年說：「我會小心閃的。」

「不行，你別去。」懷眞低聲說：「你答應我剛說的三個條件，我就出手幫忙。」

「不幹。」沈洛年突然想通，拍著自己腦袋說：「對喔，我沒答應妳，所以根本不用問妳，我去了，放手。」

「怎麼這樣啦！你這不講理的壞蛋！」懷眞不肯放手，嘟起嘴委屈地嚷。

沈洛年不禁好笑，正要說話，這時葉瑋珊卻突然驚呼一聲：「一心，小心！」

沈洛年目光往戰場上一轉，卻不禁一驚，他不再和懷眞囉唆，透出道息甩開了懷眞的手，往前方衝了出去。

「可惡！」懷眞一跺腳，跟著往外急掠。

卻是那巨猩和眾人一番搏鬥之後，發覺老是撈不到張、侯兩人，但若想對付瑪蓮和吳配睿，兩女在危急的時候，又會突然爆出一股衝力加速倏然閃開一段距離，一樣抓不到，於是他不管身上的大小創傷越來越多，漸漸把力量集中在賴一心身上。

賴一心雖然比過去又進步不少，但眼前這隻巨型魖猩妖，是白宗眾人到現在爲止遇過最強大的妖怪，當妖怪把所有力量都集中到他身上的時候，不免有點吃力，雖然藉著柔勁的效用，勉強把對方的攻勢化解掉，但每一下都有些化散不掉的妖炁侵入體中，他臉上雖不顯異狀，但攻防間其實已越來越吃力。

眾人雖然不知道賴一心身體狀況，也自然知道不能這樣下去，當下砍殺得更快更猛，張、侯兩人只能戳出輕傷姑且不論，瑪蓮和吳配睿可是一刀就是一口子，但巨猩似乎橫定了心，這短短數秒之中，硬生生連捱兩人四刀，他傷口被妖炁一激，爆出大片血霧，逼退了兩人，同時也對賴一心連揮了六掌，每一掌都逼得賴一心不得不後退。

到了第六掌，賴一心終於卸不掉那股巨力，這一個正面交擊，他身子一輕，飛退到黃宗儒的炁牆之前，臉上漲得通紅，差點穩不住身子。

這就是葉瑋珊驚呼與沈洛年往外衝的原因。同時瑪蓮等人大驚，紛紛對著巨猩撲，這時巨猩卻突然猛一轉身，雙掌巨口分三個方位，同時對著瑪蓮包去。

這大傢伙速度怎麼突然變快了？瑪蓮卻不知道，剛剛巨猩若是這樣全力直撲，包準又被賴一心絆腿打翻，所以這段時間才一直針對著賴一心攻擊，如今打退了賴一心，砍他砍最痛的就是瑪蓮的厚背刀，巨猩二話不說，對著瑪蓮就咬。

瑪蓮眼看躲不掉，再度聚炁一炸，以「爆閃」的訣竅身子往後急閃，但之前可以這樣應付，是因爲一直有別人糾纏著巨猩，這時巨猩雖然抓空，卻猛一拍地，再度向著瑪蓮追去，而爆閃雖可瞬間閃出一段距離，可是現在這個場合，稍遠點的地方就到處都是猩猩，瑪蓮只能閃出數公尺遠，眼看巨猩再度撲來，周圍的猩猩也湊熱鬧般地擁來，凝炁體外藉著壓縮爆出強大推動力的「爆閃」身法又不能連續使用，瑪蓮刀身急揮，把周圍砍開一片空地的同時，巨猩已經再度接近。

眼看著瑪蓮連轉身都來不及，這次絕對躲不過，專修爆勁的她，若結實地挨上一下，恐怕會去掉半條命，這一瞬間，張志文和侯添良都衝了過去，吳配睿更是凝炁一爆，以爆閃之法衝過兩人，大刀先一步對著巨猩背後砍下。

巨猩也不是第一次被砍，他感應著周圍的炁息，妖炁已先一步集中到了後背，硬生生挨下吳配睿這刀，他背後雖然毛屑亂飛、爆出一大條刀傷，強猛的妖炁卻也迫使出盡全力的吳配睿往後翻退，一下子穩不住身子……但巨猩注意力還是集中在瑪蓮身上。

瑪蓮剛轉過身來，刀還沒能舉起，巨猩雙掌已經近在眼前，眼看只要兩面一合，瑪蓮就要被抓住，這瞬間突然一道青色閃光在巨猩腦門上爆起，轟地一聲炸開。

這一下不比刀砍，可是挺痛的，巨猩那鱷魚腦袋不自禁地往後一仰，動作稍頓了一剎那，就是這麼一剎那，張志文、侯添良已經繞到前方，兩人一人伸出一手，扯著瑪蓮往外逃命。

但兩人加上瑪蓮，速度馬上就慢了下來，巨猩只要往前一跳，當能再度追上，他顧不得剛剛轟自己腦袋一下的是什麼，正打算繼續追擊，突然後方異聲乍響，似乎無端端出現一股怪風，自己腦後護體妖炁突然消散，巨猩心生警兆，側首轉頭，卻見一把亮晃晃的金黃色匕首已經近在眼前，剛好對著自己眼珠子插下。

之前那下發出巨響的青色光芒，是懷眞控制的小型落雷，現在拿著金犀匕的，自然是沈洛年。

卻是剛剛兩人一前一後撲出，懷眞知道阻不住沈洛年，雖然一肚子火，卻也不能讓他去送死，眼看瑪蓮陷入危機，若不阻止，只怕沈洛年又會發瘋，她只好一凝外炁，瞬間開啓了小型的玄界之門，出手轟雷。

這兒懷眞施術頓了一頓，用盡全力快速側身點地的沈洛年已衝近巨猩，他衝到巨猩身後不遠處往上縱，竄向巨猩腦後，想用金犀匕偷襲對方要害。

他體無炁息，加上巨猩剛剛專注於追擊瑪蓮，根本無法察覺，若不是激起風聲，加上接近時巨猩後腦護身妖炁散佚，這一匕就會直插入腦，巨猩恐怕得當場斃命。

不過巨猩畢竟在最後關頭發現不妙，在那一刹那突然轉頭，閃開了要害。

眼看插不入後腦，沈洛年不管三七二十一，仍這麼捅了進去。

要知金犀匕就算沒當眞出鞘，一樣十分銳利，何況護身妖炁的阻滯能力完全無用，巨猩眼睛一痛，噗滋一聲血水亂濺，金犀匕已經穿入他那巨大的左眼中。

巨猩怪吼一聲，哇哇大叫，左掌往回狂揮，對著沈洛年身軀砸去。

沈洛年早已全身放輕，此時影蠱妖炁一推，本往前飄的他倏然往後方飄落，讓巨猩揮了個空，要知道沈洛年飛行極速雖然不快，但因爲身體極輕，卻能在極短的瞬間加速、改變方向，剛剛他還在往前飄，下一瞬間突然快速往後撤，揮掌速度遠比沈洛年飄飛速度快的巨猩，也估不準他的位置。

但巨猩畢竟還是比他快，只見他一聲怪叫，長滿利齒的巨口急張，正對著後退的沈洛年追，這時沈洛年還沒落地，眼看那張巨口快要咬上，他正發愣，突然領口一緊，身子陡然往後高速飛射，險險從巨猩的巨大齷口下逃出。

沈洛年不用看也知道，那猛力一甩，把自己扔出險境的正是懷眞，她正一面罵：「不是要你別逃直線嗎？」一面側身躲開了巨猩的連續攻擊。

沈洛年一怔，這才醒悟，自己跑得不算快，但是改變方向卻很快，剛剛巨猩就是這樣才打空，但接下來自己直線逃跑，果然馬上就被追上……原來當初懷眞在噩盡島上說的「不要直線跑」是這意思？

而以懷眞的妖炁力量甩動輕若無物的沈洛年，這一下飛的速度可就快多了，一瞬間沈洛年就被扔回了陣勢，此時侯添良和張志文剛把瑪蓮拉了回去，吳配睿也才剛穩下身子，眼看大家都退了回去，她也不敢貿然往前衝。

巨猩眼看把自己戳瞎一隻眼睛的傢伙突然跑遠，又痛又氣的狀況下，正悲憤大吼，對著擋路的懷眞亂撲，懷眞剛閃了幾下，見沒完沒了，手一揮，又是一道小落雷砸到巨猩的腦門上，轟得巨猩一愣停步。

只見懷眞兩顆眼珠突然冒出紅光，本來十分嬌美的臉型微變，唇往外收，兩排牙齒稍微往外突出，威嚇般地露出上下齒根，沉鬱低吼著說：「滾！」

巨猩一愣，剩下那隻眼睛看清了懷眞的模樣，他身子一抖，當下仰天大叫一聲，轉身往山下直奔。

巨猩這一走，所有猩猩都跟著逃命，只不過幾秒鐘的時間，這片山坡上除了一些猩猩屍體之外，什麼都沒有留下，懷眞這才轉過頭，那張已恢復平常表情的美麗臉孔正對著眾人微笑。

眾人一聲歡呼，衝到了懷眞身旁，山頂上預備要抵擋猩猩大軍的變體部隊，也歡喜地奔了下來，畢竟除了特別樂觀的賴一心之外，幾乎每個人都覺得今日這關無法度過，沒想到白宗這群人居然能頂住整群鱷猩妖攻擊，還逼走了對方。

這一役，首功自然是最後不知怎麼嚇跑巨猩的懷眞與戳瞎巨猩的沈洛年，而把整隊猩猩大軍擋在山坡上的白宗眾人，當然也是功不可沒。沈洛年和懷眞的功夫有點高深莫測，看不出頭緒，白宗眾人戰鬥時泛出的磅礡炁息，卻讓人很清楚他們強大的程度，更讓周圍不少變體部隊的年輕人十分羨慕。

眾人簇擁著十人往回走的同時，沈洛年偷瞧了瞧懷眞，看得清楚，她雖言笑晏晏地應付周圍的人，其實心裡頭正十分生氣，只是壓抑著怒火沒發作。

沈洛年自然知道懷眞在生什麼氣，想來想去，也有三分不好意思。沈洛年思忖片刻，向著懷眞那兒走，兩人目光一對，懷眞嘟起嘴，故意別開目光，看來氣還沒消。

沈洛年暗暗好笑，湊到懷眞耳畔說：「別氣了，我答應妳就是了。」

ISLAND

白宗要收人嗎？

懷眞一驚，露出喜色，一把抓住沈洛年的手臂，扯著他離開人群，這才說：「眞的？」

「只答應最後一件事。」沈洛年說。

「爲什麼？」懷眞嘟起嘴。

「要不要使用雷術本就是妳自己作主，關我屁事？」沈洛年翻白眼說。

「對喔。」懷眞嘻嘻一笑說：「那第二點呢？爲什麼不答應。」

沈洛年聳聳肩說：「就算答應妳，遇到事我還是會忘記的。」

這也有道理……不過只要沈洛年肯離開白宗的人，就不需要再管其他人的事，應該就不會遇到什麼危險，懷眞倒也是心滿意足，她拖著沈洛年的手臂，嘻嘻笑說：「那我們快偷溜，在一堆人面前好多顧忌，都不能抱抱、抓抓。」

「幹嘛偷溜？交代清楚比較好。」沈洛年望著天邊說：「回台灣後，先找到叔叔，然後看看藍姊他們，安置好之後，我們去一趟雲南如何？去看看小露。」

「好啊！麒麟不知還在不在那兒，去找她聊聊，看看她有沒有辦法解咒。」懷眞目光一轉，突然笑說：「咦？你喜歡小露嗎？」

「別胡說了，我只是有點擔心她們。」沈洛年想起肩膀上的蝶兒，心中微微一熱，那女孩和自己雖然談不上感情，但一想到她，就讓人有點甜甜暖暖的感受，一轉念，沈洛年想起艾露在離開前那晚說的話，不禁又有點臉紅。

「騙人，有古怪。」懷眞看著沈洛年的表情，狐疑地想了想，突然嘿嘿笑說：「對了，你是鳳靈之體，恰好適合當麒麟女巫的老公喔。」

媽的，狐狸在這種地方特別敏感，沈洛年當然不會把那些話對懷眞說，否則不知會被取笑幾年。他一轉話題，低聲問：「對啦，妳怎麼嚇走那大妖怪的？好像沒看到妳做什麼。」

懷眞聽到這問題，一笑說：「他看來也有點歲數了，雖然笨，還算是有經驗，被轟了兩下，終於發現我用的是雷術，他還敢留嗎？」

對了，懷眞說過，不夠強大的妖怪無法使用雷術……沈洛年點點頭說：「原來如此。」

「而且我也讓他知道我不是人類。」懷眞翹起小嘴，得意地說：「發現我是妖仙，他還不跑就眞是找死了，不怕被滅族嗎？」

「喔？」沈洛年哼哼說：「好像很威風呢，不是只剩雷術有用嗎？」

「他又不知道我元氣大傷……」懷眞說到這兒，新仇舊恨湧上心頭，咬著唇推了沈洛年一把：「還不都是你害的，還敢說！」

沈洛年笑了起來，搖搖頭說：「早知道不用打這半天，把妳推出去嚇人就好了。」

「哪有這種好事？」懷眞嘟起嘴說：「要是遇到沒經驗、不知死活的年輕妖怪就沒用了，我的雷術不能亂用。」

另一面，白宗眾人一陣歡鬧後聚在一處，正不時往這兒望，卻又不好意思過來。沈洛年察覺到大夥兒的目光，想到即將與這群人分開，不免有三分傷感，他望望葉瑋珊和奇雅，這兩個讓自己有感覺的女孩，一個已經有了歸宿，賴一心雖然有點遲鈍，畢竟是好人，兩人兩情相悅，倒不用擔心，至於奇雅……自己對她的感覺也很古怪，雖說對她體態有感覺，但兩人關係卻不像愛情，反而比較像友情，話說回來，到現在還不知道她喜歡誰呢……

懷眞看沈洛年望著那端沉思，不禁有點擔心，皺眉說：「捨不得嗎？」

「不會。」沈洛年回過神，突然有些不忿地說：「嘖，還沒看到奇雅穿短褲，她說過要考慮的。」

「她的腿有什麼好看？」懷眞詫異地說：「我脫光給你看都不看！」

「看妳這狐狸有什麼意思？」沈洛年一點都不給面子，想想又說：「而且我們一走，不就沒人指點航向了。」

「噯？」懷眞一把抓住沈洛年領口，怒沖沖地說：「答應人家了，不能反悔啦！」

「知道了啦，一起去問問。」沈洛年苦笑搖頭，扯著懷眞向人群走去。

白宗眾人今天等於又被兩人救了，看到兩人走來，紛紛打招呼。

沈洛年看葉瑋珊顧不得矜持，正攙扶著賴一心，眼中還隱隱有些淚光，心中不禁微微一緊，自己若早點出手，就不用讓她多擔心一場了。

「一心小弟，身體怎樣了？」沈洛年答應和白宗拆夥，懷眞心情正好，看著賴一心笑說。

「沒關係的。」賴一心雖然讓纖細的葉瑋珊攙扶著，其實主要還是靠自己站著，他正呵呵笑說：「被妖炁稍微侵入體內，休息片刻、運轉一下就排出去了。」

「排出去？上次不是叫我們等妖炁自己散掉嗎？」吳配睿詫異地問。

「那時我們還不會運行炁息。」賴一心解釋說：「像一灘死水的情況下，才會被妖炁混入，也不知怎麼排出。」

「原來是這樣。」吳配睿詫異地說。

「瑪蓮也沒事吧？」沈洛年轉頭。

「沒事！」瑪蓮一臉不高興地說：「沒想到居然被這兩個小子救了。」

「阿姊。」侯添良笑說：「妳就當被蚊子救好了，不用算我的份。」

「靠！」瑪蓮卻更生氣，看著在一旁賊笑的張志文，憤憤地說：「眞不爽，一心，幫我想辦法變強一點！」

「剛剛那妖怪太強了，我們誰也打不過。」賴一心苦笑說：「剛剛如果妳能躲回陣勢裡面，就不會這麼危險了，那妖怪雖強，宗儒還是能硬擋幾下。」

「那妖怪擋著我的方向啊。」瑪蓮嘟嘴說。

「爆閃不能轉向，倒是個缺點。」賴一心沉吟說：「不知道有沒有辦法變化……」

「現在別想了。」葉瑋珊低聲說：「我幫你引炁，先把妖炁逼走吧？」

賴一心回過神，點頭笑說：「哈哈，我差點忘了，先治好也好。」一面讓葉瑋珊幫忙引炁，一面運行著自己體內的炁息。

張志文看瑪蓮還在生氣，一轉念笑說：「哎呀，其實若不是懷眞姊阻了那大妖怪一下，我和阿猴也來不及的啦。」

「有道理！」瑪蓮回嗔作喜，對她來說，對懷眞道謝，似乎容易多了，她馬上轉頭說：「多虧了懷眞姊救命，感激、感激，懷眞姊好厲害，只一揮手就突然轟那妖怪腦門一下，那是什麼啊？」

「那只是道術的小花樣而已。」懷眞笑咪咪地說：「等瑋珊和奇雅練熟了，她們也能辦到。」

「眞的嗎？」瑪蓮詫異地看著奇雅說：「妳也可以這麼快嗎？」

奇雅微微一愣，想想施術過程，微微皺眉說：「這麼快……很難。」

「熟能生巧啦。」懷眞暗暗偷笑，只要練幾百年大概就能這麼熟了，她不多解釋，推了沈洛年一把說：「對了，洛年有事情要跟大家說。」

這話一說，眾人目光都轉了過來，連正在引炁運轉的賴一心和葉瑋珊也都望著沈洛年。

這臭狐狸，一定要這麼快說嗎？沈洛年看著葉瑋珊片刻，轉過頭看著眾人，遲疑了一下才說：「我和懷眞……如果不和大家一起回台灣，航行上不知道有沒有問題？」

「爲什麼？」「洛年你不回去嗎？」「你們要幹嘛？」「有事可以等你呀。」眾人一下子七嘴八舌，紛紛提出問題。

媽的，所以說不想和人太過親近，想幹什麼還得解釋一大堆……沈洛年吸了一口氣說：「我和懷眞打算直接飛回台灣。」

眾人一怔，你望望我，我望望你，都不知道該說什麼。

沈洛年看向眾人，見有人驚訝、有人失望、有人不開心、有人覺得可惜，他最後望向葉瑋珊，兩人目光相對，只見葉瑋珊目光中流露出的卻是滿滿的歉意。沈洛年心一抽緊，避開她的眼神，轉向吳配睿說：「小睿。」

「嗯？」吳配睿聽到剛剛的消息，似乎不大高興，低著頭嘟起嘴應了一聲。

「妳上次說，生日是哪一天？」沈洛年說。

吳配睿沒想到沈洛年還記得船上的話，一怔抬起頭說：「五月五號……怎麼？」

聽到沈洛年提出這個問題，詫異的可不只吳配睿，大夥兒愣了愣，瑪蓮才開口說：「今天幾號啊？」

這幾天一忙，誰也沒注意日期，葉瑋珊怔了怔說：「上次離開檀香山是四月二十八，噩盡島爆炸是四月二十九……已經過了四天，今天應該是五月三號……那麼後天就是小睿的生日囉？」

吳配睿那雙眼睛看著沈洛年，臉上沒有什麼表情，但就像過去一樣，沈洛年可以從她那雙明亮的眼睛，看出她其實十分開心，只不過似乎不習慣露出開心的表情。沈洛年望著眾人說：「想幫小睿慶祝嗎？」

「當然好啊。」葉瑋珊微笑說：「這些日子大家都辛苦了，趁這機會輕鬆一下也好。」

「那麼……這兩天我和懷眞，先陪大家去北邊和西邊找人。」沈洛年說：「後天晚上慶祝了小睿的生日之後才走。」他一面看了懷眞一眼。

沈洛年肯走，已經是謝天謝地，多等這兩天自然無傷大雅，何況那些猩猩妖怪應該也不敢來了，懷眞一笑，對吳配睿說：「原來小睿生日要到了啊，那是不是該準備禮物呢？」

吳配睿有些不好意思地說：「懷眞姊，不用了啦。」

這會兒又客氣起來了？沈洛年好笑地說：「這可是妳自己說的，我可不送喔。」

吳配睿咬著唇瞪了沈洛年一眼，終於忍不住笑了出來，但她又很快把笑容收了起來，那雙眼睛眨啊眨的，看來很開心。

「那個……」瑪蓮突然說：「洛年，你不追奇雅了啊？」

怎麼突然提起這件事？看著奇雅正無奈地搖頭，沈洛年好笑地說：「妳不是不准嗎？」

「呃？」瑪蓮抓頭說：「我准了你就不走嗎？我正想開放說，你能戳瞎那大妖怪，好像比我厲害。」

奇雅又好氣又好笑，忍不住罵：「關我什麼事？怎不開放妳自己？」

「洛年對我沒興趣啊。」瑪蓮哈哈笑說：「不然阿姊也可以開放。」

「那是偷襲的，不算。」沈洛年笑說：「我不適合打架。」

「那這兩隻蒼蠅、蚊子一直轉來轉去怎麼都沒偷襲成功？」瑪蓮指著侯添良和張志文說。

「阿姊！誰是蒼蠅？」侯添良詫異地瞪大眼說。

「和蚊子一起的不就是蒼蠅？」瑪蓮一轉念又笑說：「偷打奇雅主意的也叫蒼蠅！」

提到奇雅，侯添良就不敢開口，正癟嘴發悶的時候，張志文噗哧一笑說：「阿姊，這樣說不好啦。」

「怎麼不好？」瑪蓮說。

「妳這樣說，好像說奇雅是那個……有點臭臭的東西……」張志文邊說邊開始往外退。

「你這臭蚊子，挑阿姊語病！」瑪蓮果然惱羞成怒，衝過去從背後一把勒緊張志文的脖子嚷：「接我的十字鎖喉！」

雖然瑪蓮沒有眞的用力，張志文卻也是很配合地吐著舌頭拉長聲音喊：「饒……命……啊……」

這也不是第一次看見，眾人也懶得理會，黃宗儒開口說：「我比較好奇洛年怎麼能打傷那妖怪的……連阿姊、小睿全力攻擊，都只能勉強砍傷耶？」

「對啊。」漸漸排出妖炁的賴一心，也跟著點頭說：「就算眼珠比較脆弱，洛年沒有內炁，怎能破得開護體妖炁……？」這問題從很久以前沈洛年砍殺鑿齒時就困擾著大家，不過當時沈洛年躲在煙霧之中，看不清楚，和今日親眼目睹的感受又不同。

「因爲我沒妖炁，他大意了。」這問題說下去不妙，沈洛年四面望了望，卻見一人正在不遠處觀望，連忙說：「那人好像有事？」

眾人一怔跟著轉頭，卻見李翰一個人站在數公尺外望著這邊，似乎想過來又不敢過來。

大家其實多少都有點同情他，畢竟李宗幾乎是整個毀了，最後只剩下他一人，而李宗當初得意的時候，他也不至於仗勢欺人，還曾出面主持公道，除葉瑋珊之外，其他人並不排斥他。

但葉瑋珊既然討厭李宗，畢竟親疏有別，眾人自然也不好對他表示善意，只能保持沉默，看葉瑋珊怎麼應對。

葉瑋珊何嘗不知道眾人的想法，不過就如她昨夜對沈洛年所說，這股恨意，其實已經漸漸地淡了，過去這股恨意的累積，除了白爺爺的事件之外，也和李宗囂張跋扈有關，但無論是哪一種，畢竟都怪不到李翰的頭上。

葉瑋珊一轉念，想到昨夜他父親死亡，在沙灘附近掩埋時李翰悲傷的表情，不禁心軟，輕嘆一口氣說：「李先生，有事嗎？請過來。」

李翰難得聽到葉瑋珊這麼溫和的口氣，微微一怔，走近說：「葉宗長、胡宗長、諸位。」

「我們回台灣的時候，會帶你一起走，除非你自己想留在這兒。」葉瑋珊說：「你是想問這件事嗎？」

李翰搖頭說：「我不只想和諸位一起走。」

葉瑋珊微微一怔，開口問：「那麼是……？」

「李宗到現在已經是完全覆滅了。」李翰表情堅毅，彷彿下定決心地說：「我要盡我所能殺光妖怪。」

這樣想也是無可厚非，葉瑋珊點頭說：「不過妖怪有強有弱，還是要斟酌自己的能力。」

李翰遲疑了一下說：「葉宗長，我有一事相求……」

「請說。」葉瑋珊說。

李翰深吸一口氣說：「我可否拜入白宗？」

眾人都是一愣，李宗已滅，這宗派門戶問題姑且不論，但李翰身爲兼修派，怎會想拜入專修派的白宗？

沈洛年想的卻是另外一個問題，他正忍不住偷瞧懷眞偷笑，想殺妖怪嗎？這兒就有一隻。懷眞自然知道沈洛年偷笑什麼，回瞪他一眼的同時，一面微露貝齒虛咬一口，意思是周圍要是沒人在，就會用牙齒教訓他。

且不管這一人一妖用眼色鬥氣，葉瑋珊聽到李翰的言語，詫異地說：「你意思是……打算改用內聚的引炁心法？」

「都無妨。」李翰說：「我希望能更強，像諸位一樣，現在的我沒辦法對付強大的妖怪。」

葉瑋珊望著李翰說：「你已經知道，吸收妖質之後，可以提升炁息的強度，李宗該還有許多妖質庫存，回台灣後你大可自行修煉，未必需要拜入白宗。」

李翰微微一怔，還沒答話，賴一心卻突然開口說：「他吸收妖質到一個程度，恐怕就不能運用過去習慣的戰鬥方式了。」

這話什麼意思？眾人都愣了，誰也不明白，李翰更是訝異地望著賴一心，等他說清楚。

賴一心沉吟了一下才說：「我雖然不知道細節，但我猜測，兼修派的方式，該是與專修派逆法而行，也就是……內聚型聚炁於喉，發散型則縮炁於腹，對吧？」

李翰愣了愣，停了兩秒，似乎決定豁出去，他點頭說：「正是如此，我本屬內聚型，卻將炁息凝聚在喉頭，久而久之，才勉強能往外發送部分炁息。」

「嗯，這樣才能達到兼修的目的。」賴一心說：「但卻違逆了炁息的本質，若你吸收更多妖質，體內炁息逐漸提升，將無法持續維持在喉頭，炁息將降回最穩定的胸腹以下，到那時候，過去的攻防技巧就會全部作廢，你得重修內聚型心法。」

「這麼說的話，我更需要拜入白宗了啊！」李翰大聲說：「李宗根本沒有專修派的內聚修煉之法。」

「眞會這樣嗎？」葉瑋珊沒聽賴一心提過此事，詫異地說。

「嗯，我之前吸納到一個程度，就感受到炁息凝聚之處漸漸凝定，不能隨便搬移。」賴一心望著葉瑋珊說：「而且這樣才能合理解釋……很久以前沒有兼修派，道武門只有三天的原因。」

三天？李翰一愣說：「我聽說過這名詞……但是父親並未細說……」

「內天、道天、妖天。」葉瑋珊簡單解釋說：「妖天就是縛妖派，道天就是唯道派，內天和道天這兩派皮毛加在一起分別傳承，就是專修，兩種心法混合成一種，就是兼修派……」

「爲什麼會這樣變化？」李翰詫異地說。

葉瑋珊仔細思索一番，慢慢也想清楚了，想來過去道息應該不少，但不知爲何逐漸不足，隨著妖怪變弱、減少，首先失傳的就是縛妖派，而道天傳人難尋，道咒之術漸漸失傳；內天卻因爲周圍道息不足，不能吸收大量妖質，能力大減，甚至無法自行引炁，這才有聰明人藉著道天、內天留下的心法，合併創立了新法門，也就是兼修派，而另外卻有一群人不願這兩種法門失傳，堅持古法教導，就是越傳越少人的專修派。

而如今道息含量再度提升，又可以大量吸收妖質，但這意味著兼修派將無法續存……難怪古傳道武門只有三天，沒有兼修之法。

但這些說來複雜，葉瑋珊一時也不便對李翰細說，她倒是突然想起另外一件事，忙說：「對了，你日後也會去噩盡島吧？」

「當然。」李翰說：「我還有兩個小妹在台灣，如果她們無恙……我也希望能送她們去噩盡島。」

「那麼你妖質暫時不可吸取太多。」葉瑋珊說：「噩盡島上恐怕會道息不足，妖質過量壽命會減少的。」

「我不在乎，大不了住在沿岸……」李翰說到這兒，突然皺眉說：「那麼諸位呢？難道不擔心這件事？」

葉瑋珊一怔，她不便說出洛年之鏡，只皺眉說：「這有另外的原因……」

李翰一愣的時候，另一邊也有兩個這次一起救來的青年，他們本來只是遠遠看著這邊，從李翰放大聲量之後，就走近了一段距離，聽著這兒的對話，這時突然奔了過來，其中一個開口說：「我們也想入白宗，可以嗎？」

「我們才剛入道武門半年，什麼都還沒學到。」另一個跟著說。

葉瑋珊還來不及拒絕，這時又有一個短髮青年注意到這兒的狀況，這人沒人認識，似乎是本來就在可可山的總門部隊，他走近低聲說：「白宗要收人嗎？我那排弟兄都很有興趣。」

「呃？」眾人一愣，侯添良詫異地說：「你是總門的耶？」

「現在還有什麼總門不總門？當初也是國家要我們以特別任務的名義加入的，現在連國家大概都毀了。」青年皺眉說：「還聚在一起，只是被妖怪所迫，大家患難與共而已。總門根本沒把我們這些部隊當心腹，學的都是基礎功夫，這樣和妖怪打架簡直是玩命，若白宗有意收徒，我相信很多人會願意轉投白宗。」

這可有點麻煩了，葉瑋珊還沒想通，周圍聚來的人卻漸漸變多，似乎都有興趣加入白宗，葉瑋珊眼看不妙，忙說：「諸位，天下剛亂不久，要處理的事情太多……我們也還沒做好心理準備，請讓我們考慮幾天。」

眾人也知道此時不適合多說，聚集起來的人們漸漸散去，李翰一直留到最後，眼看周圍人走得差不多，他才說：「只要能收我，終我一生，必全心對白宗效命，李宗儲存的那些妖質，也可以交給宗長調配。」

那些妖質，在這時候可是頗珍貴的東西，葉瑋珊微微一愣，卻見李翰微微一禮說：「請宗長慢慢考慮。」他往後退開幾步，這才轉身離開。

這時打鬧著的瑪蓮和張志文早已停手，眾人圍在葉瑋珊身旁，想看她怎麼打算。賴一心微笑說：「要開始收徒嗎？」

「那我們是不是也該改叫瑋珊為宗長？」這是當時葉瑋珊接任宗長的約定，瑪蓮吐吐舌頭說：「我怕會叫不習慣耶。」

「叫久就習慣了。」黃宗儒接口說：「若我們太隨便，別人也會不尊重宗長。」

「無敵大居然也開始教訓阿姊！」瑪蓮瞪眼說。

「不敢、不敢。」黃宗儒連忙搖手：「阿姊和奇雅是本宗前輩，可以當左右護法。」

「還左右護法咧？」瑪蓮哈哈笑了起來說：「你在拍大戲嗎？咚咚隆咚鏘咚鏘！」

「名目可以另外決定。」黃宗儒倒沒笑，望向葉瑋珊說：「若要擴編，職務還是要分配，如李宗有兩個副門主，總門分日月星三部，都是同樣的道理，宗長主要決定本門的大方向，並指示各部門個別的任務，可以設一個副宗長協助，比如奇雅就很合適……」

「好了啦，這種囉唆的東西你慢慢跟瑋珊說。」瑪蓮打斷黃宗儒的長篇大論，對葉瑋珊低聲說：「李宗不是很多妖質嗎？收他入門的話眞會送我們呀？那可有得吸了。」

葉瑋珊從沒想過另外收徒，這時頗有些無所適從，她望了望賴一心，回頭又看看眾人，這才說：「這兩天讓我思考一下再決定，大家一晚上沒休息，也該累了吧？應該休息一下……」

「這樣如何？」黃宗儒接口說：「我去協調看看有沒有兩頂相鄰的帳篷，讓大家稍做休息？」

「這樣最好。」葉瑋珊點頭。

「這就去辦。」黃宗儒微微點頭，轉身去了。

「靠，無敵大認眞起來還挺有模有樣的。」瑪蓮詫異地回頭低聲說。

「對呀，他很習慣處理這些事情。」張志文嘻嘻笑，湊過去低聲說：「不過阿姊不可以喜歡上無敵大喔，他是小睿的。」

瑪蓮當然知道張志文提出吳配睿只是個晃子，忍不住瞪了他一眼罵：「去你的臭蚊子，你到底在想啥啊？眼光眞他媽有問題。」

「不會啊。」張志文笑說：「我眼光好得很呢。」

瑪蓮一怔，難得有點尷尬，啐了一聲：「臭美。」扭開頭不說話了。

□

聯繫三方人類的動作，倒不很困難，當日休息過後，眾人找了一艘中型單桅帆船，由牛亮帶著沿海岸航行，在沈洛年和懷眞指引下，眾人先往檀香山西面山區繞去，首先找到當時從市區總門大樓中撤退出來的另一群人馬與部分往西逃難的一般市民。

這兒的變體者只有百餘人，卻大多是習有特殊修煉法的總門高手，其中爲首的，正是常和眾人見面的總門日部部長呂緣海。

這兒共聚集兩千餘人，都躲在一個山洞之中，本也是坐困愁城，不知該如何是好，得知賀武等人計畫後自然十分高興，一口答應，當日天色已晚，眾人在此休息一夜，呂緣海更決定次日隨船移動，準備找到島北那群人之後，直接往可可山和賀武會合，商量三方聚集後合作建船的事宜。

次日到了島北，眾人萬萬沒想到，這兒保護著一般人民的變體者居然是共聯的人，也就是沈洛年和懷眞當初偷偷放走的百餘人，原來當初他們逃出後，一時還無法離島，又爲了避免被人發現，最後遠遠退到了這兒，大變之際，恰好抵擋著無法溝通的鱷猩妖，幫助島北村鎭人們逃難。

兩方這一見面，共聯和總門的呂、牛兩人自然不大對盤，甚至和砍殺過共聯人馬的白宗等人也不怎麼合得來，總算沈洛年和懷眞當初救了這些人，共聯眾人對兩人多了三分敬意，加上現在局勢變化，不管過去想不想和妖怪合作，現在都只能在妖怪的威脅下求存，先把一般人送去安全的地方也是正事，眾人這才慢慢談了起來。

這一區，最後派出的協調人選，是沈洛年挺熟悉的何宗宗長何昌南，他雖不是這百餘人中的首領，卻也是重要人物，足以代表共聯和總門聯繫，當下眾人不再遲疑，繼續沿岸往南繞行，再度回返可可山時，已是傍晚時分，而這一天，也就是吳配睿的生日。

把三方人馬聚在一起後，要怎麼協調分配人力，就和白宗無關了，眾人拿著食物，聚在一起，堆了個小小的火堆，準備替吳配睿慶生。

經過兩日前那一戰，連守在可可山東北方的猩猩都已退去，當時一戰親眼看到的就有數百人，白宗的聲望早已在這山谷中傳播，不少人都想和白宗多親近一點；知道白宗要幫人慶生的消息後，有空的總門部隊、難民紛紛過來參加，更有不少人想順便拜師。總之慶生會還沒開始，人越來越多，漸漸數百人、上千人、最後居然有近萬人聚在一起，一堆堆隔著距離生起的小火堆越來越多，眾人唱歌跳舞，互相慶賀，吳配睿不管走到哪兒，都有人開心地對她大喊生日快樂。

吳配睿這輩子還沒過過這種生日，那張小臉整晚上紅通通的，在羞澀中，少見地展現出那還有些天真的笑顏，看起來總算像個剛滿十五歲的小女孩。

不過湊熱鬧的人一多，眾人可就很難幫吳配睿慶祝，每個人幾乎都被拉著詢問拜師的事，總門部隊還不會太張揚，那些一般民眾別無顧忌，幾乎每個都來問，有人苦求、有人脅迫，還有人想用錢買通，這下可苦了會說英語的葉瑋珊，眾人見狀況不妙，彼此互相知會後，各自偷偷離開，往那停泊於火山口灣內的帆船上溜。

至於上面喧鬧的人們，早就已經自己唱開鬧開了，之前有鱷猩妖的威脅，山谷內的人連說話都不敢大聲，直到兩日前鱷猩妖大敗，周圍妖怪盡退，本已經有不少人蠢蠢欲動、想大肆慶祝，但大靠山白宗這群人當日下午又駕船走了，只好多忍上兩日，今日趁著這個機會，倒是誤打誤撞地成爲可可山難民區的首次慶典。

沈洛年和懷眞得到黃宗儒通知後，直接飄飛下山，這時賴一心、葉瑋珊、奇雅、瑪蓮都已經到了船上，兩人落下時，沈洛年四面一望，笑說：「小睿呢？我還沒跟她說生日快樂呢。」

「等蚊子和阿猴拿吃喝的來，無敵大就會把小睿帶來。」瑪蓮笑說：「她是今天的壽星，當然要最晚到。」

沈洛年點點頭，在船沿找個地方和懷眞坐下，葉瑋珊望了望沈洛年和懷眞，遲疑了一下才說：「你們眞的……要自己回台灣啊？不考慮一起走？」

沈洛年還沒開口，懷眞已經笑咪咪地搶著說：「對啊，洛年答應我了。」

葉瑋珊看懷眞搶著開口，不由自主地有些心虛，一下子有點不敢說話……莫非是懷眞知道了那一吻，吃醋惱火，才逼著沈洛年離開？

賴一心笑說：「不知道台灣怎麼了，我們也是每天擔心，你們早點去也好……會去找黃大哥和藍姊嗎？」

沈洛年點點頭說：「我會先試試找叔叔，然後就會找藍姊。」

「太好了。」葉瑋珊聽到這句話，想起正事，抬頭說：「你可以感應舅媽、舅舅的炁息，願意找他們就方便多了。」

沈洛年這才想起，自己一離開，葉瑋珊他們回台灣時可就不好找人了，他點頭說：「要我交代什麼話嗎？妳想要怎麼和藍姊會合？」

葉瑋珊沉吟說：「我們不知道什麼時候才出發，也不知道得航行多久……」

「為什麼不盡快出發？」沈洛年詫異地問。

「這……」事實上，因為沒有懷真指路，眾人都沒有遠航的經驗，得多留一段時間，學會怎麼分辨方位才能出發，不過這種時候再提這事，反而讓沈洛年為難，葉瑋珊偷瞄了懷真一眼，強笑說：「也許還有點事情要幫忙，所以緩兩天。」

「喔？」沈洛年本就不是多細心的人，想不到那兒去，雖然靠著鳳靈的能力，感覺到葉瑋珊似乎有些隱瞞，但自己既然說要離開，當然沒資格多問他們的事情，他也就罷了。

「如果順利，航行也要一個月的時間。」葉瑋珊接著說：「我估計，如果台灣也像這兒一樣，舅舅和舅媽應該也撤退到附近山區，如果和他們聯絡到，請他們到塔曼山山頂的三角點，留下找他們的辦法……」

「塔什麼山？」沈洛年沒聽過。

「塔曼山。」葉瑋珊說：「北縣最高峰，台北烏來鄉和桃園復興鄉的界山，我們以前去過。」

「喔，好。」沈洛年喃喃唸著這山的名字，免得忘記。

「另外，怕萬一狀況不同，那兒不方便留話，也可以在宗門庫房留下資訊。」

「宗門庫房。」沈洛年點頭。

「另外再加一個地點……」

「等等！且慢！」沈洛年瞪眼叫：「會忘記啦，用寫的！」

「寫好了啦。」葉瑋珊抿嘴一笑，取出個信封遞過說：「但是你若記得更好啊，免得信出了意外。」

寫好了不早說？沈洛年接過一看，有點意外地說：「沒封口？」

「你可以看。」葉瑋珊說：「最好是記起來，萬一信弄丟了，還可以口述。」

沈洛年把信塞入腰包裡，搖搖頭說：「萬一信出了事，我大概也差不多了。」

「別這樣說。」葉瑋珊笑容一收，凝視著沈洛年說：「人比信重要多了！」

「好啦。」沈洛年挺怕葉瑋珊這樣望著自己，轉頭揮手說：「有空我再慢慢看。」

葉瑋珊見沈洛年閃避著自己的目光，不禁有兩分無奈，沉吟了一下才說：「還有兩件事，我有點擔心。」

沈洛年回過頭說：「怎麼？」

「我猜測，一定有沒拆掉的核彈引爆了，那些只顧眼前的政府官員不可能全拆。」葉瑋珊說：「尤其五大核武國的潛艇裡面一定都放滿了核彈，反正不在本國土地，無須顧忌，還可保持牽制威嚇的效果；但如果那些核彈當眞都爆了起來，這世界就不該是這樣了……」說到最後，葉瑋珊似乎有點不解。

「啊。」沈洛年看了懷眞一眼說：「懷眞說水下、還有地底深處，火妖不容易出現，所以燃料、炸藥爆炸的機會不大。」

「嗯，越深處機會越少。」懷眞補充：「但也不是完全不會。」

「眞的嗎？」葉瑋珊見懷眞點頭，高興地說：「太好了，那電力呢？」

和自己想到的問題一樣，沈洛年苦笑說：「電力不行。」

葉瑋珊一怔，失去電力潛艇無法操控，看來應該都沉到海底了，雖然那些人有點可憐，但卻讓人安心不少……想了想，葉瑋珊接著說：「那陸地上爆的也許不多，不過我猜應該還是有……只是影響的層面不太大。」

沈洛年有點擔心地說：「台灣會有事嗎？」

「應該不至於。」葉瑋珊苦笑說：「只能這麼希望了。」

沈洛年點頭說：「另外一件事呢？」

「有些這兒的居民說，海水似乎正往上升。」葉瑋珊說：「也許……噩盡島還在長大。」

「嗄？」沈洛年吃了一驚說：「會嗎？」

瑪蓮、奇雅也沒聽葉瑋珊提過此事，正詫異地湊近旁聽。

「噩盡島既然會排開道息，代表噩盡島中心到海邊，道息量將逐漸增加。」葉瑋珊分析說：「也許某一個濃度狀況下，剛好可以產生新的息壤，接著息壤又吸收道息拓展，最後爆炸，然後邊緣處又產生新息壤，這動作若不斷地進行，就像當初噩盡島從五公里寬變百公里寬一樣，會越來越大。」

「當初不就自己停下了嗎？」沈洛年說。

「當初世界道息狀況遠不如現在，還沒到使息壤爆炸的濃度。」葉瑋珊說：「現在可就難說了。」

「那會怎樣？一直長下去嗎？」沈洛年詫異地說：「包住整個地球？」

ISLAND
轉仙三法

葉瑋珊想了想，搖頭說：「應該也不會，影響範圍一廣，可能還有變化；詳細狀況我也猜不出來，但海面會上升就很恐怖了……代表噩盡島已經比過去大了不少，否則不會有這麼明顯的影響。」

沈洛年看了懷眞一眼，見她也瞪大眼睛，似乎挺吃驚的，沈洛年只能說：「如果眞的在變大，我也沒辦法啊。」

「我們當然沒辦法。」葉瑋珊苦笑說：「但可以提醒住在低地的人往山上遷移。」

「我知道了。」沈洛年點了點頭，心情不禁有點沉重。

「兩個小子來了。」瑪蓮突然往山壁望，果然張志文和侯添良正輕飄飄地沿山壁掠下，兩人身上都揹著個大袋子，裡面似乎裝滿了吃喝的東西。

「提著食物眞不好逃啊。」張志文一面放東西一面說：「一堆人都在找瑋珊。」

葉瑋珊和賴一心相對苦笑，搖頭說：「還好我們先溜了。」

「壽星大概更難跑了。」瑪蓮肚子餓了，翻開食物開始吃喝，一面說：「洛年，你要幫忙保護藍姊啊，等我們到台灣之後，大家再一起來噩盡島。」

聽到這話，沈洛年和懷眞不禁對望一眼，沈洛年想了想才說：「我找到藍姊，交代了之後，可能會帶懷眞去一趟雲南，我有點不放心小露她們。」

眾人沒想到沈洛年不留在台灣，都吃了一驚，瑪蓮剛咬了一大口，望著沈洛年說：「靠，你要去找小露喔？眞不要奇雅了啊？」

這話太難聽了，奇雅按捺不住，生氣地說：「妳閉嘴！」

「呃，拍謝。」瑪蓮也發現自己過分，縮了縮頭，把嘴巴塞滿東西。

「洛年。」葉瑋珊遲疑地說：「聽說青海、四川都有核武基地，尤其四川就在雲南北邊，你們……去的時候要小心。」

她們應該沒這麼倒楣吧？沈洛年不禁有點擔心。

眾人正思索著世界變化的時候，奇雅突然開口說：「洛年，以後我們還見得到你們倆嗎？」

沈洛年一驚，這才突然發現，現在世界和過去大不相同，過去的通訊之法都無法使用，世界又是如此遼闊，若不約定後會之期，一別之後……恐怕再也沒機會見面？

奇雅這一問，懷眞見沈洛年說不出話來，側頭一笑接口說：「去台灣和雲南之後，我和洛年也會去噩盡島；那兒最安全的地方，應該就是島內道息最少的地點，你們到時候可以去那兒生活……我們說不定比你們先到喔。」

對了，那兒不會有強大妖怪接近，可以說是全世界最安全的地方，懷眞當然會要自己躲過去。沈洛年心中稍安，點頭說：「到時候在那兒碰面。」

眾人似乎也鬆了一口氣，相對笑了起來，葉瑋珊微笑說：「從雲南去噩盡島的時候，也會經過台灣吧？若到時候我們在那兒，別忘了順道來看看我們。」

「對啊。」賴一心點頭笑說：「不過他們倆飛得快，說不定從雲南回到台灣的時候，我們還在海上呢。」

這也對，葉瑋珊輕笑起來，搖頭說：「沒有電話眞不方便。」

沈洛年暗暗點頭，過去只覺得電話很麻煩，當眞沒了電話，還眞不習慣。

「他們倆來了。」懷眞抬頭說。

果然吳配睿和黃宗儒正飄身掠下山壁，跟著跳過數公尺寬的海面，飄到船上，侯添良和張志文馬上嚷：「小睿生日快樂！」

「生日快樂！」眾人也紛紛祝福，吳配睿小麥色的臉龐透出一抹紅，有點害羞地低聲說：「謝謝大家。」

「小睿。」葉瑋珊微笑說：「這兩天太忙了，沒時間幫妳準備生日禮物，不要見怪喔。」

「不會啦。」吳配睿猛搖頭，頓了頓才說：「大家還記得，我已經……很高興了，我從沒有這樣度過生日……」

「其實只有洛年記得啦。」瑪蓮看吳配睿紅著臉看了沈洛年一眼，嘖嘖說：「別看洛年老是臭著張臉，挺知道怎麼哄女孩子，你們幾個要學啊。」她一面對著黃宗儒等三人指指點點。

「那阿姊妳哪天生日啊？」張志文笑問：「我會準備禮物的。」

「臭蚊子！」瑪蓮板起臉，瞪了張志文一眼說：「你再惹我，阿姊要翻臉了。」

「那我就當每天都是阿姊生日好了。」張志文從包裹中掏出一片肉乾送上笑說：「阿姊也生日快樂，請用、請用。」

瑪蓮咬牙片刻，終於忍不住噗哧笑了出來，一把將食物搶過，笑罵說：「死纏爛打的臭蚊子！食物放下，人給我滾遠點。」

張志文跳開兩步，對著吳配睿嚷：「小壽星！」

「怎麼？蚊子哥。」吳配睿有點靦腆地微笑問。

「媽啊！」張志文看著吳配睿的笑容，張大嘴嚷：「今天的小睿笑咪咪的好迷人呀。」

「討厭啦！」吳配睿咬著唇頓足。

「好啦，不開玩笑。」張志文笑說：「雖然沒禮物也沒蛋糕，許個願吧？」

「對，許願、許願。」侯添良跟著起鬨，黃宗儒也笑著點頭。

「不要了啦。」吳配睿紅著臉搖頭。

「許個願沒關係。」葉瑋珊也輕笑說：「難得啊。」

賴一心也微笑說：「許願很好啊。」

吳配睿眼看眾人都這麼說，她想了想，抿嘴一笑說：「那……我希望大家關心的人，都能順利度過這次的難關，不會有事。」

這一瞬間，眾人都沉默下來，想起自己還在台灣的親友，不禁都有點擔心。沉默了片刻，瑪蓮拍拍手，大聲嚷：「好，說第二個願望！」

「還要說啊？」吳配睿一愣。

「當然，要許三個願望。」瑪蓮笑說：「最後一個不要對大家說，只告訴阿姊就好了。」

「哪有這樣的？」吳配睿嘟嘴說：「我記得最後一個誰都不能說。」

瑪蓮見吳配睿沒上當，哈哈大笑說：「可別許願要贏過阿姊，阿姊不會讓妳得逞的。」

吳配睿咬著唇笑，雖然有點不好意思，仍忍不住說：「我不會一直輸的。」

「好啦。」瑪蓮說：「那第二個願望呢？」

「我希望……」吳配睿四面望望大家，低聲說：「我希望大家能永遠在一起。」

這個有點孩子氣的願望，再度讓人沉默下來，不過卻不像剛剛那樣沉重，而是有點好笑，又不好意思笑出聲來……永遠在一起這種想法，確實太虛無飄渺了，而今日剛滿十五歲的吳配睿，畢竟還頗孩子氣，才會許下這樣的願望。

張志文想想突然笑說：「洛年，小睿許願了耶，你和懷眞姊不能走了。」

沈洛年一愣，還沒回答，吳配睿已經嚷：「我不是這意思啦……」

「不然呢？」張志文笑說。

「就是……」吳配睿看了沈洛年一眼，又望望大家，緩緩說：「也許有時候會分開，但是最後還是會在一起就好了，不是不能離開一下啦。」

「永遠都要在一起啊。」瑪蓮懶洋洋地說：「那以後瑋珊和一心生孩子，小睿妳幫忙帶喔，阿姊討厭帶小孩。」

吳配睿還沒反應過來，葉瑋珊已經紅了臉，頓足說：「瑪蓮！」

吳配睿見狀嘻嘻一笑說：「可以啊，我喜歡帶小孩，一心哥你們要生幾個？」

「不知道耶。」賴一心呵呵笑說：「要問瑋珊。」

「問你的頭啦！」葉瑋珊臉漲得通紅，推了賴一心一把，回頭對吳配睿啐說：「喜歡帶小孩不會自己生？」

「對啊、對啊。」瑪蓮笑說：「小睿準備跟誰生？」

吳配睿一愣，紅著臉直搖頭，瑪蓮身旁的奇雅見狀輕聲說：「節制點，玩笑別開過頭。」

瑪蓮吐吐舌頭，一轉話題說：「那許第三個願望吧。」

吳配睿點點頭，看了看大家，低下頭閉目片刻，這才張開眼說：「好了。」

「大家吃喝吧！」張志文一嚷，和侯添良分配起食物飲料，雖然這時候也沒什麼精美菜餚可吃，不過總歸是難得的休閒時光，大家一面聊天一面吃喝，也是十分開心。

過了片刻，和賴一心坐在一起的葉瑋珊，突然對奇雅和黃宗儒招了招手，施了個眼色，兩人見狀走近，和葉瑋珊、賴一心聚在一起，四人圍成一個圈，葉瑋珊這才低聲說：「這幾天很多人要拜入白宗，你們倆覺得呢？」

奇雅和黃宗儒對看一眼，奇雅低聲說：「妳打算收李翰嗎？」

葉瑋珊點點頭說：「現在妖質不容易取得，如果不收他，我們確實沒有這麼多妖質收旁人……不過這不是收他的主要原因。」

「喔？」奇雅說。

「妖質不夠，可以慢慢萃取收集，頂多是收人的速度變慢……」葉瑋珊苦笑說：「但如果我們願意收人，不收李翰，似乎說不過去？」

「這倒也是。」黃宗儒點頭說：「他人不錯，也沒什麼不妥的地方，又是同鄉。」

「嗯。」奇雅說：「我沒什麼意見，不過人若收多，管理上就辛苦。」

「這可以量力而爲，別一下收太多就好。」葉瑋珊嘆口氣說：「我煩惱的是另外一個問題。」

「怎麼?」奇雅和黃宗儒對視一眼。

「洛年之鏡啊。」葉瑋珊低聲說。

奇雅和黃宗儒同時醒悟，眾人具有如此能力，除了不斷吸收妖質之外，還多虧了有那作弊般的「洛年之鏡」，雖說因爲懷眞的解釋，不用擔心其他人吸收大量妖質之後會死亡，但表現出來的能力還是會有差異。

到時候，要如何解釋能力差異的原因?若不解釋，別人只會以爲白宗藏私，若解釋，且不說洛年之鏡未必能再製，說不定還會有人起了貪心，產生困擾……

想到這兒，黃宗儒馬上說：「這祕密絕不能說出去。」

「不能說嗎?」葉瑋珊有點遲疑：「那該怎麼解釋?」

「人心難測。」黃宗儒沉聲說：「這消息傳出去，說不定會有殺身之禍啊，別忘了那個火箭炮，還不知道誰轟的呢!」

葉瑋珊一怔，卻見奇雅也點頭說：「我同意宗儒的話，最好守密。」

「也許還可以再製呢?」葉瑋珊想起剛剛有關噩盡島的推論。

「就算找得到息壤……」黃宗儒頓了頓說：「那鏡子只有洛年會做，請洛年爲我們做一、二十個還好，但要他做幾百個，甚至上千個……」

黃宗儒說到這兒，葉瑋珊和奇雅都一起搖頭，誰都知道沈洛年的脾氣，若告訴他得做這麼多個，會答應才有鬼。

「我就是想和你們討論這問題。」葉瑋珊嘆口氣說：「這問題不解決，如何能收徒？對方若覺得我們藏私，不會有向心力的。」

三人沉默下來，一直沒說話的賴一心笑著說：「不然就說實話啊，說實話最輕鬆了。」

「能說實話，誰想說謊？」葉瑋珊嘆了一口氣：「萬一有人要搶呢？」

「這也是沒辦法的事情。」賴一心說：「誰來搶就打退他。」

「萬一來陰的呢？」葉瑋珊嗔說。

賴一心一怔，倒也說不出話來。

「瑋珊。」奇雅說：「要不要問問懷眞姊？」

「也好，懷眞姊見識比我們豐富很多。」葉瑋珊轉頭一看，懷眞正和其他人聚在一起笑鬧，沈洛年也站在一旁，四人對視一眼，起身走了過去。

「懷眞姊，我有個問題想請教。」葉瑋珊走近問。

「喔？說呀。」懷眞笑說。

「大家一起聽。」葉瑋珊讓眾人集中注意力，把剛剛的問題簡述了一下，這才說：「不知道懷眞姊有沒有什麼建議？」

「原來是這種問題啊……」懷眞沉吟了一下笑說：「你們知道吸取妖質過量會減短壽命的原因嗎？」

「不就是道息不足嗎？」葉瑋珊說。

「不是喔。」懷眞笑說：「就算是強大的妖怪，到了沒有道息的地方，只是會很難過而已，說要死還沒這麼簡單呢。」

眾人一愣，賴一心首先詫異地說：「所以不會死喔？」

「也不是。」懷眞說：「人類吸收太多妖質後，在道息不足的地方容易因爲衰弱而死，那是仙化的程度不夠，也就是體內妖質含量太少了，只要吸得夠多，體質完全仙化，雖然還是會受影響，卻不至於影響壽命。」

「嗄？」眾人都吃了一驚，原來只要吸得更多，就又會沒事了。

不過沈洛年可知道，懷眞口中的仙化其實就是妖化，他插口說：「完全仙化沒缺點嗎？」

「有喔。」懷眞笑說：「若有一天，仙界和人間再度分開，完全仙化的人，只能跟著去仙界睡覺喔，沒有道息太久還是會受不了的。」

眾人又吃了一驚，張志文詫異地說：「世界有一天會恢復原狀嗎？又可以用電？什麼時候？」

「會啊。」懷眞說：「最快也要幾千年吧，不一定。」

幾千年……？眾人又都沒勁了，葉瑋珊頓了頓才說：「那……也就是說，要收門徒的話，就要讓人吸收大量妖質，完全仙化，才不會死囉？可是現在妖質不容易找呢。」

「要是有妖質，我建議你們自己先吸納，別浪費在徒弟身上。」懷眞說：「至少要吸到全身內外充滿炁息，再無內聚外發之分，那才不怕因道息不足而傷身，否則萬一有天洛年之鏡壞了怎辦？」

這倒不可不防，葉瑋珊皺眉說：「那就是不能收徒囉？而且我們還要想辦法取得更多妖質……」

「收徒可以用別的辦法啊。」懷眞望望眾人，抿嘴一笑說：「我把引仙的法門教你們吧。」

「引仙？」眾人一怔，望著懷眞。

「把妖怪化入人體中的辦法。」懷眞說：「轉仙三法中的第二種法門。」

「轉仙三法？」瑪蓮詫異地說：「怎不用排第一的？第三的又是哪一種？」

「轉仙三法——換靈、引仙、易質，其中以『換靈』爲首。」懷眞瞄了沈洛年一眼，一面笑說：「這要有非常強大的妖仙、神靈或神獸願意協助，才可能辦到，一般人辦不到的……至於最後一種法門『易質』，就是你們所說的『變體』。」

「嗄？」張志文跳起來說：「我們的辦法是最差的啊？」

「不是這麼說。」懷眞笑說：「只不過這種方法，除了要靠大量妖質之外，另外一個缺點就是有一定的失敗率，還好你們都成功了。」

「哪一種辦法最好？」張志文忙問。

「這我就不知道囉。」懷眞笑說：「不過如果單純引仙的話，只需要一點點妖質就可以了，完成後身體會逐漸仙化，不會因爲缺乏道息而死。」

「那怎麼引呀？」吳配睿好奇地問。

「這個嘛……」懷眞一笑站起說：「法門不是每個人都能學，我教瑋珊吧，讓她斟酌讓誰學，瑋珊跟我來。」

「喔？」葉瑋珊微微一愣，跟著站起。

「洛年。」懷眞回頭說：「等我和瑋珊回來，我們就走了吧？」

沈洛年一怔，點點頭說：「好。」

「瑋珊，走吧。」懷眞回頭一笑，領著葉瑋珊往岸上飄，葉瑋珊看了沈洛年一眼，轉身飄起，隨著懷眞去了。

「不等天亮才走啊？」賴一心詫異地說。

「懷眞說沒影響。」沈洛年搖搖頭說：「是她帶著我飛，我飛不快。」

眾人望著洛年，都有點說不出話來。一陣沉默中，吳配睿突然嘟著嘴，扭捏地說：「一定要在我生日這天走嗎？明天再走吧？」

沈洛年好笑地說：「就因爲妳生日，才留下到今天的。」

吳配睿無言以對，只好癟著嘴生悶氣。

「別讓洛年爲難了。」黃宗儒安慰說：「以後還會見面的啊。」

「對啊。」張志文笑說：「妳今天生日耶，洛年都爲了妳留下了，不可以生氣。」

「小睿，洛年答應了會來噩盡島找我們啦。」瑪蓮拍拍小睿的肩膀說。

「那要多久？」吳配睿望著沈洛年。

「不知道。」沈洛年搖頭說：「說不定比你們還快到噩盡島。」

「喔。」吳配睿望著沈洛年，紅著眼睛說：「一定要來喔。」

「幹嘛這麼依依不捨啊？」瑪蓮詫異地說：「洛年什麼時候把妳也拐到手了嗎？」

「沒有啦！」吳配睿紅著臉跳腳說：「瑪蓮姊亂講！」

「沒有最好。」瑪蓮指指點點地說：「這男人打算去找小露喔。」

吳配睿剛剛沒聽到這件事，一聽之下睜大眼睛，有點興奮地說：「真的嗎？決定了嗎？選小露嗎？」

「決定個屁。」沈洛年沒好氣地說。

「洛年好凶。」吳配睿扮個鬼臉說：「祝你一輩子娶不到老婆。」

沈洛年倒也不生氣，只笑哼了一聲。

「我有個問題。」賴一心突然說。

眾人轉過頭，看著賴一心，只見賴一心笑著說：「小睿對大家都很有禮貌，每個人的名字後面都會加哥或姊，爲什麼只有洛年例外啊？」

對喔！眾人突然察覺此事，每個人都詫異地望著兩人。

沈洛年首先一攤手說：「我不知道。」

眾人目光轉向吳配睿，卻見她似笑非笑的，頓了好半天才說：「沒什麼啦。」

「不行，快招。」瑪蓮拍掌說：「難道早有姦情？聽說很久以前你們約會過？」

「不是啦！」吳配睿紅著臉，頓了頓才望著沈洛年說：「……你不可以生氣喔。」

「不行。」沈洛年瞄了吳配睿一眼，不買帳地說：「我要生氣。」

「哎呀！討厭。」吳配睿憋了半天才說：「因爲剛認識的時候洛年很凶，每次都罵我，我很生氣就不想叫他洛年哥啊，後來就習慣了。」

這話一說，眾人都笑了起來，瑪蓮更是抱著肚子大笑說：「原來洛年對小睿這麼壞喔？」

「對啊。」吳配睿在眾人笑聲中，委屈地說：「他好凶喔，好幾次罵到人家哭。」

有嗎？這麼久的事情，沈洛年倒有點不記得了，只好搖搖頭不吭聲。

眾人笑了好片刻，吳配睿見狀又有些不安，頓了頓又有點害羞地說：「不過……後來我也發現，洛年雖然凶，其實人不錯啦，幫了我很多忙……要不是他，我也不會認識大家，我很感激他，就像……就像救了我一樣。」

眾人臉上都露出微笑，這不是感到趣味的嘻笑，而是一種溫暖溫馨的感覺，沈洛年伸手揉揉吳配睿的頭說：「說得太誇張了，這是妳自己爭取的……嗯，我似乎該走了。」

眾人一怔，轉過頭，卻見懷眞正飄然落下，站在沈洛年身旁，不遠處，葉瑋珊也正掠過湖面往這兒飄，看她臉上似乎帶著點驚訝。

「這麼快？」奇雅說。

「瑋珊很聰明，學很快。」懷眞微笑說：「還有什麼要交代洛年的嗎？」

眾人彼此對望了望，黃宗儒突然開口說：「既然你們要先去，那個……如果方便的話，可以去我家看看嗎？我爸媽和我弟……不知道現在怎樣了。」

「可以嗎？」侯添良被這一言提醒，忙叫：「我爸媽也麻煩一下，我老爸是警察，幹！說不定還活著。」

「還有我家！」張志文也連忙舉手：「我爸媽和一個哥哥。」

「可以啊。」沈洛年說：「你們把他們姓名和地址留一下，最好有地圖……不過沒炁息，不知道好不好找喔。」

眾人也心中有數，若市區房子像檀香山一樣被妖怪拆毀，那幾乎不可能找到人，但至少是盡人事，否則等一個月之後才去找，更找不到。

沈洛年見黃宗儒等人忙著到船艙內找紙筆，目光轉過，看奇雅和瑪蓮無動於衷，心想她們沒有親人，大概也沒什麼要交代的，轉頭望向賴一心，卻見賴一心笑著說：「我家和宗門很近，藍姊該會照顧我媽。」

「還是寫一下吧？」正寫的張志文在一旁嚷：「說不定天下大亂，藍姊他們沒法分身呢？」

賴一心歪著頭想了想，點頭說：「也好。」

「那……」沈洛年轉頭說：「小睿呢？」

「我不用了。」吳配睿低著頭說。

「怎麼？」沈洛年有點意外，走近兩步低聲問。

「反正我不用。」吳配睿低聲說：「別問了。」

「妳沒事吧？」沈洛年皺起眉頭。

「沒事。」吳配睿想了想說：「但是不用管我家……我回去再自己去看。」

這算什麼邏輯？沈洛年突然想起白玄藍離開前似乎也提過類似的問題，但吳配睿就算和家中有心結，也不該決絕到這種地步吧？連死活都不在乎？

過沒多久，賴一心拿著紙條過來，沈洛年把紙條塞入葉瑋珊的信封，收入腰包，又問了吳配睿一次：「眞的不用？」

「眞的不用。」吳配睿表情透出一股堅定的氣味說：「謝謝。」

那就不勉強了，管人家家事幹嘛？沈洛年目光掃過眾人，最後到了葉瑋珊臉上，兩人目光一對，突然心意相通，同時微笑輕喟。沈洛年心裡有數，這女孩在自己心中，也許一直會具有特殊的地位，但這份感情終究會漸漸淡了，她此時透出的那股氣息，莫非也是同樣的感受？

「洛年？」懷眞提起準備好的糧水，輕喚了一聲。

「好，走吧。」沈洛年對眾人揮手：「再見。」

「洛年、懷眞姊，再見！」眾人一起揮手，望著緩緩向西方飄飛的沈洛年和懷眞，兩人飛出了近百公尺，只見他們最後再揮了一次手，身子從直飛轉爲橫飛，隨即速度突然加快，往遙遠的西方大海快速飛掠，過沒多久，只剩下一個小點。

直到看不到兩人，眾人都還有點不眞實的感覺，遠遠望著西方那閃著波光的海洋，誰都沒說話。

過了好片刻，瑪蓮才用力一拍手說：「好啦，總會再見面的！那兩個怪胎超厲害，不會有事的。」

眾人回過頭，彼此互望，都不禁莞爾，吳配睿卻有點不滿了，嘟嘴說：「阿姊怎麼說人家是怪胎？」

「還不是怪胎嗎？」瑪蓮搖頭說：「這兩個人沒炁耶，到底靠什麼飛的啊？他們身體裡面有噴射引擎嗎？」

張志文接口說：「那豈不是靠放屁推動了？」

眾人都笑了出來，賴一心笑著說：「過去老靠洛年和懷眞姊救命，以後可不行了，我們得努力點，下次和他們倆見面，可不能像現在一樣差勁。」

「對，我需要更多的妖質！」瑪蓮說：「我們要不要開始從大點的妖怪身上提煉妖質啊？瑋珊和奇雅現在很忙，我們不知道能不能自己提煉……」

「對了，還有引仙呢？瑋珊。」張志文突然想起，忙說：「要試試嗎？會不會變強？」

葉瑋珊回過神，沉吟說：「我和一心商量看看好了，懷眞姊雖然說是『引仙』，但那法門似乎像是典籍中記載的失傳變體法門——『入妖』，知道訣竅之後倒不算太難，不過那方法似乎有時效性，傳說中的入妖並沒這種限制，方法是……」

「瑋珊，等等！有時效性？」黃宗儒突然打斷了葉瑋珊的話。

「是啊，似乎只有數年的時間，怎麼？」葉瑋珊一怔。

「這樣的話，妳會就好了。」黃宗儒說：「難怪懷眞姊特別叫走妳。」

葉瑋珊一怔，明白了黃宗儒的意思，她有些遲疑地說：「大家都是自己人，這……」

「這樣想是很好。」黃宗儒笑說：「但暫時還是妳會就好了，萬一眞有需要，再找人幫忙。」

「嗯……」葉瑋珊點頭說：「我懂了。」

「可是我不懂！」瑪蓮瞪眼說：「無敵大打什麼啞謎？」

「呃。」黃宗儒尷尬地笑說：「阿姊，這個……」

「別問了。」奇雅也明白了，拉了瑪蓮一把說：「暫時讓瑋珊會就好了。」

「我沒要學啊。」瑪蓮嘟囔說：「只是想聽懂而已啊，每次都說我笨！又不教我！」

瑪蓮這麼一說，奇雅又好氣又好笑正不知該怎麼解釋，葉瑋珊開口說：「我來說明吧。」

其實不只是瑪蓮，大多的人都沒搞懂黃宗儒的意思，眾人目光轉過去，只聽葉瑋珊緩緩說：「在妖質不足的時候，這方法仍可以有效地產生戰鬥人員，未來只有這種人才具備抵抗妖怪的能力……既然有時效性的話……」

「啊！」張志文搶著說：「想成為強者，就不能得罪瑋珊，只能乖乖聽話。」

「這麼說也行。」葉瑋珊說：「總而言之，只有我會的話，算是一種箝制的手段，雖然我並不是很喜歡……」

「我也不喜歡。」瑪蓮皺眉說：「有人敢不聽話就打到他聽話！幹嘛用這種招數？」

「照妳的做法，反而會引起衝突。」奇雅說：「不如防範於未然。」

「這樣啊？」既然奇雅開口，瑪蓮雖然不滿意，也就不多說了。

「所以剛剛懷眞姊才只告訴瑋珊姊嗎？」吳配睿好奇地問黃宗儒。

「我是這樣認爲的。」黃宗儒說：「若是我，也會這麼做。」

「因為你比較賊吧？我還以為你挺老實呢。」瑪蓮把悶氣轉到黃宗儒身上，皺眉說：「以後叫你『無敵賊』。」

黃宗儒聽了也只好苦笑。

「聽懷真姊說，這方法收效速度比變體快很多，只要幾日的時間就可以完成，不像變體要幾個月時間，這是一大優點。」葉瑋珊對眾人說：「但關於白宗未來要不要用這方法收徒，還是等回台灣找到舅媽、舅舅，問過他們兩位長輩之後再決定。」

這話倒是正理，雖然現在的宗長是葉瑋珊，白玄藍畢竟還在，眾人本來就要回台灣，先問一下也是應該的。

□

那端葉瑋珊正和眾人談論「引仙」之術，沈洛年和懷真越飛越遠，很快就看不見夏威夷群島。在懷真半威脅半懇求的情況下，沈洛年又開始幫懷真抓搔著背後，懷真好幾天沒被這樣伺候，舒服得亂飛，一下子差點衝到海裡，沈洛年當下翻臉抽手，不肯再抓。

兩人鬧了片刻，懷真見沈洛年堅持不抓，也只好罷了，她想了想，突然說：「你怎麼都沒問引仙之術？」

「和我有關嗎？」沈洛年轉過頭詫異地說。

「你不能變體引炁，說不定可以引仙啊？」懷眞笑說。

沈洛年看了懷眞兩眼，哼聲說：「又騙人，我也不能引仙吧？」

「可惡，不能騙你！眞無聊。」懷眞皺鼻子說：「你體內道息充沛，妖體融入你體內就化掉了，當然不行。」

「那還說這幹嘛？」沈洛年說。

「我幫瑋珊解決這麼一個大問題，你不謝謝我？」懷眞湊近說。

「關我屁事？」沈洛年說：「妳自己要幫的。」

「你這沒禮貌的臭小子，滿嘴是屁，說話眞是越來越難聽。」懷眞白了沈洛年一眼說：「我是怕你放心不下，以後又想去找他們，現在她學到那法門，只要別去惹強大的妖怪，自然能收一堆徒弟活得快快樂樂。」

沈洛年本來沒理會，想想突然覺得不對，詫異地說：「這話什麼意思？」

「什麼？」懷眞不知道沈洛年問哪一部分。

「什麼叫作『以後又想去找他們』？」沈洛年望著懷眞說。

懷眞眨眨眼說：「就是以後不要去找他們了呀。」

「不是說我們會去噩盡島？」沈洛年詫異地說。

「對啊。」

「不是也叫他們去那兒？」沈洛年又問。

「對啊。」

「那到底是怎樣？」沈洛年皺眉問。

「我叫他們去最安全的地方，不代表我們也去那兒呀。」懷眞得意地笑說：「人多的地方是非就多，閃遠點比較好。」

這代表自己從此再也見不到他們了嗎？沈洛年瞥了懷眞一眼說：「萬一我想見他們呢？」

「你答應我和白宗拆夥的，不是嗎？」懷眞瞪眼說。

倒忘了這件事……其實離開了也好，生活會單純許多，沈洛年想了想說：「隨便妳吧，但又何必拐著彎騙他們？」

「不然當時要怎麼回答？」懷眞嘟嘴說。

「不知道。」沈洛年望著天上星光，不再言語。

懷眞看了他一眼，也不多說了，提高了速度，一路往遙遠的西方飛去。

ISLAND

你很弱！

懷眞的飛行速度不比普通飛機慢上多少，幾個小時之後，兩人就經過了噩盡島，看到噩盡島時，兩人都有些吃驚。

如今的噩盡島，變成一個東高西低的大陸塊，而且果然比過去大了不少。靠東面這一側，似乎變成一片高原地形，最東面角落，是一片高數千公尺、寬近百公里的大絕壁，翻過這個高原地形，一路往西，地幅逐漸擴大，越來越寬也越來越低，彷彿一個滑梯一路往下降，最後變成一個長寬都近千公里的扇形大島嶼。

而這陸塊上道息最少的地方，竟然不是島嶼中央，而是東側那一塊數百公里寬的高原區，也不知道是不是因爲那兒的土塊最厚重結實？

整座島嶼從東到西，正如當初的噩盡島，到處長滿了帶著妖炁的奇異植物，但是飛出近千公里到最西側時，下方卻又變成一大片黑褐色的土壤，遠遠望去，似乎正翻騰變化著，不斷往外內擴張、加厚。

看來葉瑋珊猜對了，噩盡島正逐漸地擴大，懷眞和沈洛年對看一眼，都有些驚疑。

「這樣又可以做洛年之鏡了？」懷眞首先想到此事。

「反正要躲起來，做這麼多幹嘛？」沈洛年倒不是很有興趣，隨口應了一聲，一面體會著下面息壤的狀態說：「緩一下，我看看怎麼回事。」

「嗯。」懷眞把速度減慢，讓兩人凝定在上方。

沈洛年觀察著，果然最西面那片扇末邊緣，一大片數十公里寬的弧形區域，道息正在不正常地凝聚，隨著道息的凝聚，息壤擴張、土地增加到一個程度之後逐漸穩定，但息壤偏內側的部分，吸力又漸漸和排斥道息的力量抵銷，在內側重新出現一排適合產生息壤的道息濃度，於是那兒再度又爆出了一圈息壤往左右延伸。

這麼一來，稍內側處，又出現了一圈往內、外同時延伸的新息壤圈，此時的外側，因爲息壤的量增加累積，使得道息濃度過量，最後又一次爆開，重新成爲另外一圈斥力，往外延伸。

就這麼不斷往內累積又往外爆出，使得島嶼越來越大，而除了最西側的數百公里之外，重新產生的東面土地，則因爲兩種息壤不斷交錯，抵抗的力量越來越小，道息濃度又變成普通狀態，息壤也因此不再生長。

沈洛年看了半天，雖然還沒能很清楚整個變化的脈絡，卻已經感覺到外圍仍不斷擴展，他有點心驚，詫異地轉頭說：「這樣一直變大不是沒完沒了了嗎？」

「好像耶。」懷眞睜大眼說，她雖然知道很多事情，但那只是歲月累積的經驗，息壤特性她也不很清楚，判斷能力未必比沈洛年高出多少。

「以前沒發生過這種事？」沈洛年問。

「沒有。」懷眞說：「過去世界充滿道息，息壤無法生長啊，就算有人故意弄出來，也馬上就爆了，不至於累積到這麼多，居然足以排斥道息。」

「若道息突然又變多，會不會停下來？」沈洛年問。

「也許吧……」懷眞白了沈洛年一眼說：「就說不知道了，老問我。」

沈洛年不再詢問，望著下方說：「不管會不會一直擴張，這西半邊會吸收道息，豈不是會變得很適合妖怪居住？要是有妖怪搬來怎辦？要不要回去提醒他們換地方？」

「眞的耶。」懷眞看了看，笑說：「別擔心啦，就算有妖怪來，也不會想往東走啊，東邊還是全世界最安全的地方……你眞的不放心的話，找到他們的長輩時，交代一聲就是了。」

也對，他們來噩盡島之前，會先回台灣，至於其他人的死活，沈洛年就沒這麼操心了，當下點點頭說：「那走吧。」

「嗯，走。」懷眞一笑，托著沈洛年，繼續往西方飛行。

□

懷眞飛的速度果然不慢，就算加上幾次在小島作短暫休息的時間，到台灣也不過三天左右。兩人在下午時分，剛經過日本沖繩西南端的宮古群島，這兒離台灣只有三、四百公里，很快就可以到達目的地。

經過這些島嶼的時候，沈洛年往下望了望說：「青鱗鮫人？」卻是沈洛年看到岸邊滿是浮浮沉沉的蛇身人形，和前些日子在夏威夷看到的青鱗鮫人十分相似，沙灘上也有不少鮫人橫躺著沒動，也不知道是不是正在享受傍晚的夕陽。

懷眞往下望了一眼說：「不是青鱗鮫人，是紅鱗鮫人，這種比較凶一點，接近他們的範圍有可能會主動攻擊。」

沈洛年問：「他們喜歡住在海島啊？台灣沿岸會有嗎？」若海邊滿滿都是這種妖怪，到時候葉瑋珊等人怎麼上岸？

「不會，稍大一點的島，鮫人就不喜歡了。」懷眞說：「他們只喜歡沒其他妖怪的迷你型小島嶼，能讓他們偶爾上岸曬曬太陽就好，比較不會遇到陸上妖怪的干擾。」

歐胡島其實也不大，大概是因爲已經被𪊲狸妖佔據了吧？沈洛年稍安了點心，望著台灣那個方位說：「還有多久？」

「不用兩個小時吧……」懷眞望著那方，似乎正思索著什麼。

沈洛年注意到不對勁，開口說：「怎麼了？」

懷眞突然飄到海面上停了下來，轉頭看著沈洛年說：「我們不能去台灣。」

「啊？」沈洛年吃了一驚說：「怎麼了？」

「瑋珊他們也不能來。」懷眞說：「我知道你會不放心，我們回去通知他們吧。」

「爲什麼？」沈洛年問。

「你放心。」懷眞說：「只要那天沒死的人，應該不會有事……這島上該不會有別的強大妖怪。」

沈洛年皺眉說：「妳總要說個道理出來。」

懷眞遲疑了一下才說：「那兒有種妖怪故意放出的氣味，是和窮奇、畢方同級的強大妖獸……叫作『麟犼』，可是個性比那兩種凶多了。」

「妳不是說強大妖怪還不能來？」沈洛年說。

「應該像窮奇、畢方一樣，麟犼的小孩也是先溜來了……」懷眞說：「麟犼從小就凶猛，只要找到稍強的妖怪，一定衝上去搏鬥，至死方休，一般麟犼的棲息地，沒有妖怪想接近。」

「沒有妖怪比他們強嗎？」沈洛年詫異地說。

「當然不是。」懷眞說：「問題是這種妖獸完全不要命，就算殺得了他，也得被咬兩口，還會惹上一大家子，明知如此何必和他拚命？別惹他們就好，他們幾乎不離開棲息地的……眞是的，怎會選上台灣呢？」

沈洛年大吃一驚地說：「有這種妖怪，妳還說不會有事？」

「對方若妖炁太弱，不會引起他的敵意，所以一般人類反而安全。」懷眞說：「但一定程度以上就不行，所以瑋珊他們最好別來。」

「那黃大哥和藍姊呢？」沈洛年問。

懷眞皺眉搖頭說：「如果和瑋珊他們差不多強度的話……恐怕已經……」

「不。」沈洛年搶著說：「藍姊說過他們不吸收妖質。」

「哦？」懷眞點頭說：「那就有希望了，單靠你那鏡子提升的量很有限。」

沈洛年一想又問：「我沒炁息，妳的妖炁也不易感知，為什麼不能去？」

「你的道息，應該不會被發現……」懷眞說：「但這種高級的妖獸，能隱隱感覺出我氣味和人類不同，馬上就知道我是妖仙了。」

對了，當初連酖族女巫都感覺到懷眞氣味不對勁，倒不能讓她冒這種險，沈洛年心念一轉說：「那麼我去看看，妳去通知瑋珊。」

「不要！你又會找死然後害死我。」懷眞瞪眼說。

「不會啦。」沈洛年說：「妳不是說沒有別的妖怪？」

「反正你都會找出辦法出事。」懷眞白了沈洛年一眼：「你打起架來和麟犼倒是挺像的。」

「呃……」沈洛年一愣。

「如果那兩人當眞引起了麟犼的敵意，也早就死了。」懷眞苦口婆心地說：「如果沒有，就不會有事，所以根本不用去啊，我們折回去，讓瑋珊他們直接往噩盡島去就好啦。」

沈洛年想了想，還是搖頭說：「萬一他們不知道，眼看情況改變，開始吸收妖質，那不就糟了？連我都想得到，瑋珊一定不會忽略，妳阻不住她的，還不如我先上去探聽消息。」

懷眞嘟著嘴，瞪著沈洛年不吭聲，看得出來十分不高興，沈洛年伸手揉揉她的脖子說：「別擔心，我保證小心，可以吧？」

「你每次保證都是騙人的。」懷眞側臉蹭著沈洛年的手掌，委屈地說。

「不會啦。」沈洛年說：「我影蠱的妖炁這麼弱，應該不會引起敵意吧？」

「是應該不會……」懷眞說。

「妳回頭去找瑋珊吧。」沈洛年運起妖炁托體，他的速度雖然不到懷眞的一半，但反正已經不遠，自己飛去應該沒問題。

「我再送你飛近些。」懷眞說：「我也不去找瑋珊，我在台灣東邊一座小島等你，安全出來之後再一起去警告瑋珊他們。」

「妳不先去啊？」沈洛年抓抓頭說：「那萬一……」

「有萬一的話，我和你都會死！」懷眞氣呼呼地說：「我才不管他們死活勒！你不想害死他們，就別亂來。」

確實不能有萬一，沈洛年苦笑說：「好啦，別生氣。」

懷眞餘怒未消，甩頭哼了一聲。

沒多久，兩人飛到了個不到三十平方公里的小島，這種小島上人口應該本就不多，災禍後也不知道還有沒有剩，兩人在島嶼西面一個類似機場的空地落下，沈洛年有點意外地說：「這兒離台灣只有百公里？這什麼島？居然也有機場。」

「這兒說的不是你們的語言，應該是另外一個國家。」懷眞說：「我前陣子逛到這兒過，有聽到兩種語言，一種像是日語，另外一種聽不懂。」

「妳連日語也會喔？」沈洛年吃驚地問。

「幾十年前，有一段時間常有日本人去蛙仙島，可以聽懂幾成……」懷眞不想聊這些，嘟著嘴說：「你眞要自己去嗎？」

沈洛年笑說：「放心吧，我會小心的。」

懷眞遲疑了一下說：「萬一有狀況，你記得別逃直線，像蝴蝶一樣逃，不能有規律。」

「到處亂閃就對了？」沈洛年笑說：「我知道了。」

「然後盡快往這方向接近，我發現有異會馬上迎上去。」懷眞說：「若眞是逼不得已，也只能出手了……以後他長輩若找上門來，只好到時候再說。」

「他長輩怎會知道？」沈洛年詫異地問。

「這世界充滿道息，代表處處都能和仙界聯繫，他們只是過不來而已，只要留意，自然能知道這兒的炁息情況。」懷眞說：「既然孩子偷溜過來，會注意的地方當然是孩子周圍，我若施術戰鬥，一定會被感應出來的。」

「總之最好別惹到他。」沈洛年說：「照妳的說法，該也不會惹到才對。」

「應該是……否則我才不會答應你。」懷眞頓足說：「但誰知道你會惹上什麼其他事？」

「不會啦。」沈洛年說：「妳一個人在這邊沒關係吧？」

「笨蛋，每次都問一樣的問題！你才有危險啦！」懷眞似乎還在生氣，忍不住罵。

「好啦。」沈洛年笑了起來，輕抱了抱懷眞說：「我走囉。」

「我會一直在這兒等。」懷眞低聲說：「萬一海上迷了方向，記得利用咒誓之法找我。」

「明白。」沈洛年放開了懷眞，轉身飄起，向著台灣飛去。

雖然只剩下一百多公里，但是既然飛得不高，眼前還是只能看到一片茫茫大海，方向實在不易判斷，還好這時正逢傍晚，沈洛年就這麼對著太陽落下的方向，直直飛去。

不用一個小時，沈洛年就到了台灣，他從宜蘭外海往內飛行，一路上提高警覺，感應著妖炁，但他能感應的範圍畢竟遠不如懷眞，區區十餘公里，探不出太遠的地方，所以一路上都沒什麼特別的感應。

宜蘭不算人口高度密集的地方，除了城市中心之外，許多農舍遍布在綠色的田園中，沈洛年望著下方，果然如懷眞所言，每棟房屋幾乎都已燒毀，到處都是燒焦的屍體，還有不少掙扎到屋外才斷氣的，看樣子也沒人救治……

畢竟這時代的台灣，除少數偏僻山村，沒放瓦斯筒也沒接上天然氣的房子實在太少，房子不燒也難……而且不只房舍，各處地下管路也同時爆開，更別提各地加油站，道息瀰漫全世界的那一剎那，人口越密集、越進步的地方，恐怕越像煉獄，眞不知道死了多少人。這兒已經這樣了，人口更多、更繁榮擁擠的台北縣市豈不是更慘？大家的親人能躲過這劫難嗎？

但是既然沒有會傷人的妖怪，應該還有人存活著吧？這時天色也還沒黑，但沈洛年在上空四面張望著，卻一個人都沒看到，不知人都到哪兒去了？那被大火吞噬過的都市、鄉村，都空蕩蕩的，反正沈洛年也不怎麼關心這兒的人們，當下繼續往西北方飛，越過了一片山林，飛過新店、土城，終於到了板橋。

飄在空中，沈洛年看著那住了幾年的家，果然也燒成了一片廢墟，如其他住宅般，這周圍人口密集，一幢幢住宅排在一起，一股沖天的屍臭味和燒焦味往上直湧，嗆得沈洛年直皺眉頭。

沈洛年往外望，看著一排排焦黑殘破的建築物，一路往外延伸出去，有些大樓燒得只剩下鋼骨，有的坍落了半邊，土石崩散在路面上也無人清理，每間屋子裡面幾乎都躺著焦黑的屍首，似乎也沒人理會。隨著天色漸黑，這周圍靜悄悄一點人聲都沒有，在這彷彿鬼域的地方，遠遠傳來一陣淒厲的犬吠，讓人頗有點不寒而慄。

怪了，怎麼看起來比檀香山還慘啊？這兒沒有妖怪肆虐不是嗎？

沈洛年看了看，想不通，也只好罷了。看這狀況，叔叔還活著的機會眞的不大，沈洛年對生死本就比較看得開，若是確定自己叔叔死了，也就算了，問題就是搞不清楚……想了想，沈洛年還是忍著臭味，往下方飄去。

這房子本就老舊，燒成這樣眞不知道何時會塌？沈洛年身子放輕，緩緩飄移，在充滿刺鼻的焦臭、屍臭味的空氣中移動，他摀著鼻子，推開已經燒爛的鐵門，往內巡了一圈，並沒在自己家中看到任何屍體。

這個家本就是違章建築的五樓鐵皮屋，一陣風吹來，上方的鐵皮搖來晃去，似乎隨時會倒，沈洛年不敢多留，往外飄出，臨上去之前，又回頭看了一眼，恰好看到那被燒融的時鐘，彷彿一塊爛泥般地黏在熏黑的牆上。

這世界……連現在幾點都搞不清楚了……沈洛年嘆了一口氣飄起，望著周圍，一時之間，頗有點茫然。

接下來該怎辦？人到底都到哪兒去了？

話說回來，出事那天到現在，也過了十日左右，要是自己，也不想留在這種鬼地方。如果死的人少，還有辦法收屍，當死人遠比活人多太多的時候，離開這地方，說不定反而是個比較好的選擇。

他們家裡應該也都沒人了才對，不過既然答應了，還是去看一次，沈洛年一轉念，趁著天色還沒全黑，連忙照著地圖上面標示的路線，到處尋覓。

他先去了宗門和賴一心的家，裡面果然空無一人，跟著轉往樹林，繞去張、侯兩人的家，卻看到裡面躺了幾個無法辨認的焦黑蜷曲變形屍首，也不知道是不是他們的親人……一路上還看到不少野狗、野貓與各式各樣喧鬧的鳥雀，想到他們的食物八成就是這些燒爛的人類屍體，沈洛年不禁有點不舒服。

最後一個目標是黃宗儒的家，沈洛年沿著道路尋找，終於找到了目標地點，那是一棟商業大樓的一樓，由三間店面打通的網咖，沈洛年站在被炸翻的柏油路面上，往內看了看，突然一喜，卻是這裡面似乎沒怎麼燒，也許因爲這大片店面完全沒有燃料氣體，加上又在一樓，所以沒被波及，也就是說，說不定黃宗儒的家人沒死。

沈洛年往內走，一面喊：「有人在嗎？」聲音往內盪了進去，卻一點回應也沒有。

沈洛年目光一轉，在某個桌面上看到一支打火機，他如獲至寶，連忙拿起，一面四面張望，天色越來越黑，想往內走最好是弄支火把照明……可是這兒還有東西可以燒嗎？

這可有點困難，這附近能燃燒的東西，幾乎都毀在那場大火裡了，網咖內也沒什麼木製品，沈洛年四面張望半天，突然在外面電線桿上，發現了幾張違規的房屋仲介厚紙板廣告牌。這東西一向被人詬病爲破壞市容的凶手之一，沒想到這時候倒幫上大忙，他拿了幾張捲起的厚紙板，點成不算亮的火炬，快速地往裡面幾間房間繞過，仍找不到半個人，不過值得慶幸的是也沒看到屍體，看來黃宗儒家人存活的機會不小。

接下來就該找黃齊和白玄藍了，不管燒死多少人，他們應該都不至於有事，該會集合沒事的人類到比較適合生活的地方安頓……比如山林河邊之類的，覓食生活都比較方便……自己的感應範圍之內該有這種地方吧？怎麼沒有他們兩人的反應？

沈洛年又仔細地體會了一下，除了一種淡淡的妖氛籠罩在周圍，依然完全沒有黃齊兩夫妻的反應。

不會出事了吧？沈洛年逐漸擔心起來，莫非當眞引起了麟犼的注意？說起來……那妖怪自己也沒感覺到在哪兒，而且一般妖怪應該不能像懷眞一樣感應這麼遠吧？卻不知麟犼那標定範圍的氣味，是什麼樣的味道？人類聞不到嗎？

現在只能沿著河岸找找，看能不能找到人類聚集的地方詢問，不過雖打算這麼做，沈洛年仍有點擔心，如果黃齊夫妻眞在大台北地區，自己應該能感受到才是……找不到實在是怪事。

沈洛年從樹林往東飛，向著淡水河支流移動，到了河岸旁不禁皺眉，這河川旁邊能住人嗎……只不過換另一種臭味吧？但人類要活下去也不能沒有水，沈洛年皺著眉頭停在河川旁，正考慮要往上游找還是下游找，一轉念，突然醒悟，如果是自己的話，當然只會找個地方活下去，但白玄藍個性和善溫柔，一定會全力救助他人，既然已經過了十日，以他們的速度來說，台北這附近想必兩、三日內就能安頓妥當，應該會往中南部去吧？

一想到此處，沈洛年又提起了精神，轉身往南方飄去。

經過了頭前溪、中港溪、後龍溪幾個流域，直到大安、大甲溪水域，沈洛年速度又放慢了下來，開始四面尋繞，還好台灣幅員不大，這樣的動作和當初在百公里寬的噩盡島上找妖怪差不多。繞啊繞的，沈洛年突然感受到東南方山巔上傳來一股強大妖炁，似乎正迅速地移動著。是那東西嗎？沈洛年吃了一驚，倏然把影蠱妖炁收盡落地，對方的方向似乎不是向著自己來，但還是別賭上一把比較好。

怎知對方本來似乎沒注意，沈洛年這妖炁突然消失，他反而提起了興趣，一轉向，對著這兒飄來。

「糟糕。」沈洛年低呼一聲，放輕身軀，點地飛掠，一路往南衝。

事實上他在地上跑本就比飛行還快，只不過剛剛不是趕路而是找人，高處看得較遠，才騰空而行，此時在地面上溜，沒幾秒就穿出老遠，直鑽入了不遠處河邊一排違章建築外，選了一棟荒廢老舊、燒得搖搖欲墜的鐵皮屋，這才從破損的窗戶探頭往外看。

那具備強大妖炁的妖怪，沒經過多少時間，就從東南方天際穿來，他浮在空中，四面張望，似乎有點訝異。

沈洛年悄悄探頭往上偷瞧，那妖獸從背後一看，彷彿是隻漂亮的紅色駿馬，但一轉過頭，長脖子上卻有著顆古怪的腦袋，那鹿首前方生了個似狼似獅的開闊長吻，兩排利齒上下交錯，整個腦後一大片金色鬃毛，煞是好看。

這妖獸只比一般馬匹稍大一點，古怪的地方除了那個腦袋之外，主要是全身上下都滾著火紅的焰光，伸縮不定，照得周圍亮晃晃的，也是一奇。

不過對炁息格外有感應的沈洛年，卻很明顯地感覺到那些不是眞的火焰，那比較像……葉瑋珊體外的爆勁炁息焰光？不，可能更像是瑪蓮、吳配睿武器上的焰光，這麼說來，這妖獸的妖炁，也有所謂的存想心訣？而且還是偏內聚的？

也不對，這妖獸既然能隨意飛行……應該是像懷眞那樣妖炁內外由心，只不過在一般運行上，這種妖獸可能比較喜歡存在於體內運作。

這應該就是懷眞所說的「麟犼」吧？挺漂亮的……沈洛年看著看著，突然聽到麟犼喊：「出來！誰躲起來？出來！」聲音還稍偏低沉，一點也不像小孩。

媽啦！這妖怪會說人話？還會說中文呢……不是人形腦袋才會說話嗎？沈洛年一呆，看著那妖獸，突然想起懷眞過去說過的話，莫非這種頭型就是所謂的龍頭？可以說人話的另外一種造型？

這時麟犼又叫了幾聲，沈洛年看著他的情緒，本是驚訝，接著好奇，過了幾秒看沒人理會，他似乎越來越生氣，情緒轉換得十分快……難怪這種妖怪打架會拚命，他脾氣似乎不大好？媽的，和自己哪兒像了？

「吼！」麟犼突然張開大嘴，一顆火球從他口中冒出，對著下方那看來很不順眼的焦黑房子轟。

這火球是開啓玄界之門而來，但裡面似乎又混入了爆勁妖炁，只見火球碰到一幢本已燒毀的房屋，馬上炸裂開來，火焰四處飛竄，彷彿一個火焰炸彈一般，不過周圍實在已經沒東西可燒，除了把那周圍房子轟倒之外，倒沒有再度造成火災。

沈洛年當然更不敢出去了，他連呼吸都不敢大力，只怕被麟犼發現。麟犼卻似乎不甘願，又亂吐了三、四顆火球，也算沈洛年倒楣，其中一顆正對著他那兒衝去。

完蛋了，早知道不躲屋子裡，沈洛年就算不怕妖炁，卻依然怕燙，雖然懷眞說過自己衣服防火，但火球這麼大一顆，腦袋和四肢可防不了，沈洛年往後急掠，要從另一扇後門逃跑，準備一逃出去，就要照懷眞的吩咐，執行所謂的「到處亂閃逃命法」。

但還沒衝出鐵皮屋，前端已經炸了開來，沈洛年的輕飄飄身子，被這股蘊含著妖炁的狂風一颳，往外直飄，從另一面衝出了屋子，還好他不懼妖炁，若是一般人被妖炁颳這一下，恐怕就要躺平。

沈洛年穿出後門，正想逃命，怎料這鐵皮屋後面居然空蕩蕩的什麼都沒有，這下麟犽終於發現沈洛年，一聲怪嚷之下，對著沈洛年撲來。

沈洛年連忙點地急閃，倏然間在這塊空地飄飛來去，不敢稍作停留，而麟犽帶著紅色光焰衝近之後，詫異地停下，歪頭看著沈洛年亂轉。

轉個不停的沈洛年，見對方沒有動作，正打算逐漸遠離，找機會逃命，卻見麟犽心意又變，他毫無徵兆地突然撲近，那兩隻帶著剛猛爆勁的馬蹄，正對著自己轟來。

不過懷眞教的畢竟有些道理，沈洛年極速不算快，但因爲身體極輕，飄動閃奔之間，彷彿蝴蝶飛舞般，飄渺難測，麟犽蹬了個空，他怪嚷一聲，似乎覺得十分有趣，又對著沈洛年撲。

應該馬上往東飛嗎？沈洛年遲疑著，若往上飛，騰挪的速度就會更慢，而且妖炁一出，更不可能甩掉這傢伙，但這樣在地上亂飄，也不是辦法……

他還沒想清楚，麟犽已經撲空了三、四下，他似乎又火大了，怪叫一聲，在一次撲空的瞬間，看準了沈洛年落地的那一剎那，猛然一頓地面，突然一股爆裂炁勁爆發，周圍地表突然呈現龜裂狀往外炸，一下子土地往上爆起。沈洛年根本沒想到會有這種事情，身子一個失控，被這股力量打飛，往上方亂轉。

因爲不知道得這樣閃避多久，沈洛年本來沒敢貿然啓動時間能力，正聚精會神地估計著下面幾次的落足地，一面花心思考慮要不要往外逃，所以這一剎那無預警地身子失控，根本來不及反應，就被麟犼一口咬住，扔到地上踩緊。

這彷彿被萬斤重鎚壓著一般，沈洛年剛吐出一口氣，就有點吸不了氣的感覺，這是妖炁凝聚在軀體上產生的巨大向下壓力。

過去沈洛年就常常被懷眞這樣壓著，對這種壓迫並不陌生，沈洛年心裡有數，若對方剛剛直接往下踹落，自己無法可施，胸膛會當場炸破，但對方既然停了下來，只靠著妖炁往下壓制，只要把道息探出，就能把這力量化散，到時只剩下軀體重量，就未必扛不住了。

沈洛年一咬牙，伸手探向金犀匕，正要放出道息拚命，突然胸口一輕，麟犼卻把那粗大的馬蹄抬高，鼻孔哼了一聲，歪著頭看著沈洛年說：「你很弱！」

沈洛年心一驚，對方若是突然往下踏，妖力轉化爲物力，道息可不能抵擋了，不過看麟犼的神色，卻是有點驚訝又有點好奇，似乎沒什麼殺意。沈洛年一面心中暗罵，一面說：「你想幹嘛？」

「你是人？不是妖仙？」麟犼輕踢了沈洛年一下，讓他在地上翻了兩圈，一面詫異地叫：「變重了？」

沈洛年剛剛被踩住，早已經忘了維持無重狀態，這時灰頭土臉地撐起身子，板著臉說：

「我當然是人類，你又是幹嘛的？」

「我還沒有道號。」麟犽走近兩步，低頭看著沈洛年說：「你是人？那股炁不是人炁！」

原來是因爲感覺到影蠱的妖炁？早知道就用兩條腿走，沈洛年暗叫倒楣，一面說：「關你什麼事？你想幹嘛？」

「我要戰鬥！保衛我的家！」麟犽那雙大眼瞪著沈洛年說：「你是眞的弱還是裝的？如果是妖仙就來打一場。」說著說著，那股戰鬥氣味又揚起來了，身上熾焰倏然騰起。

「我是眞的弱。」沈洛年站起說：「和我打架沒意思。」

「我不和弱的打架。」麟犽頭一揚，露出一股傲氣說：「滾吧！」

滾你媽啦！但沈洛年總算忍著沒回嘴，只一面心中暗罵，一面爬起轉身要走，卻聽麟犽又說：「等一下。」

「又幹嘛？」沈洛年回頭瞪眼。

「你會變輕，跑很快，沒有炁，好奇怪。」麟犽歪著頭，透出懷疑的氣味說：「是騙我嗎？」

「有什麼奇怪的？到處都是。」沈洛年哼聲說。

麟犽一怔說：「我來之後，沒看過這種人。」

對了，他會不會看過黃齊和白玄藍？沈洛年一轉念，看著麟犽說：「你在這島上遇到過體內有炁息的一對男女嗎？」

麟犽鼻子呼出一股氣，哼哼說：「慢一點，說太快了。」

這傢伙不會才剛開始學這種語言吧？那也學太快了，妖怪都具備強大語言能力嗎？媽的，自己英文讀了好幾年怎麼還是鴨子聽雷？沈洛年愣了愣才慢慢地說：「在這個島，有沒有看到過其他的人，體內有炁息的？」

麟犽點頭說：「有，很弱！兩隻。」

那就沒錯了，沈洛年高興地說：「那兩人在哪邊？」

「他們很忙，到處跑，但是很怕看到我。」麟犽得意地說完，想想又瞪著沈洛年說：「你怎麼不怕我？你其實很厲害對吧？」

「不對！怕不怕和厲不厲害是兩回事。」沈洛年轉身說：「我要去找他們，再見。」

「不行！」麟犽跳到沈洛年前面說：「那股妖炁是什麼？」

告訴他應該也沒關係，他若是要和影蠱打一場，那也隨他，反正影蠱似乎打不死，沈洛年放出凱布利，凝聚在左手掌上說：「這是我養的影妖凱布利，你感受到的是牠的妖炁。」

「牠有道號？很強嗎？」麟犽吃了一驚，體表妖炁突然爆起，周圍亮了起來。

道號有特別意義嗎？沈洛年皺眉說：「不是道號，只是……小名，你衝動什麼？這小傢伙看起來會強嗎？」

麟犽愣了愣，感應著那微弱的妖炁，搖搖頭怪叫一聲說：「這是什麼？弱！極弱！」

「沒看過影妖嗎？反正是一種小妖怪。」沈洛年大皺眉頭，其實也不知該如何解釋。

「怎麼養的？」麟犽左右看，似乎越看越有趣，突然蹦了一下說：「我也要，教我。」

「我也不會。」沈洛年敷衍地說：「別人抓給我的。」

「騙人！」麟犽瞪著沈洛年說：「快……說實話！」

沈洛年額頭青筋只差沒爆起，若不是爲了懷眞、葉瑋珊等人，他早就翻臉了，管他是啥強大妖怪？這時在不斷告誡自己之下，總算忍住沒發作，沈洛年沉聲說：「不信拉倒，我要走了。」

沈洛年收起影蠱，輕身點地，往外直飄，一閃飄出了十餘公尺。

麟犽沒想到沈洛年說走就走，愣了愣追上來，在一旁跟著點地騰掠，一面說：「喂，你要去哪裡？」

「找人。」沈洛年說：「你去找強大妖怪打架吧，別跟著我。」

「這邊沒有妖怪。」麟犽說：「天天找，找不到。」

「出去外面找啊。」沈洛年一轉念說：「幹嘛留在這島上？」

「我們麟犼，都先選地方當家，放出氣味，然後才能和來侵犯的敵人戰鬥、保護自己家！」麟犼說話雖然已經挺流暢，還是有點不順，只見他說著說著，有點生氣地說：「可是，都沒有敵人！我媽來了，就輪不到我！」

「你們麟犼有名的難纏不怕死，人家都不敢來啦。」沈洛年沒好氣地說：「想打架要出去，外面到處都是妖怪給你打。」

「可是……」麟犼有點遲疑地說：「奶奶說，離開地盤找人戰鬥，理虧，不好。」

原來麟犼也會講道理？沈洛年有三分意外，看了麟犼一眼說：「怕理虧的話，那就想辦法讓別人出手啊。」

「什麼意思？」麟犼詫異地說：「我不懂。」

「想惹事還不容易？」沈洛年正想指點麟犼怎麼找人麻煩，突然一轉念，麟犼留在台灣其實比較好，至少不會有其他妖怪接近，剩下的人更可以安全地活下去，只要讓葉瑋珊他們在東邊那個島等，由白玄藍等人從台灣造船過去，反而比較好……沈洛年想到這兒，口氣一轉說：「你還是留在這兒等吧，總會有妖怪來找你挑戰。」

「喔？」麟犼似乎還是不大理解，歪著頭思考著，但仍緊跟著沈洛年，沈洛年反正也還沒找到人，也就隨他去了。

這一人一妖逐漸接近濁水溪流域、掠過彰化南端的時候，放眼望去到處都是大片大片的農田，沈洛年跑著跑著，突然在前方感受到白玄藍和黃齊的炁息，他心中一喜，轉頭說：「喂！麟犽！」

「啊？」麟犽一怔。

「你還跟著幹嘛？」沈洛年皺眉說。

「我沒事做啊。」麟犽歪頭說。

「我要去找朋友，他們看到你不是會怕嗎？」沈洛年說：「別跟來了。」

「喔？」麟犽停了下來。

沈洛年滿意地點點頭，轉身往前方全速飄飛，不只是靠點地的力量，還把妖炁拿來推動，想盡快找到黃、白兩人。

就在這時候，身後妖炁激揚、風聲乍起，那年輕麟犽突然又追了上來。

又幹嘛了？沈洛年皺眉轉身瞪眼，卻見麟犽說：「你這人很奇怪，有股古怪的氣味，好像很好玩，我要跟著。」

他感受到道息的味道嗎？不愧是強大的妖獸，雖然還小，感應能力已經不同，但是跟著自己是什麼意思？沈洛年說：「跟著我幹嘛？」

「跟著你，看你要幹什麼。」麟犼望著沈洛年，眼神中的情緒十分複雜，包含了懷疑、興趣、期待還有一堆似乎連他自己都搞不清楚的想法，看那股意念，看來很難說服他改變念頭。

他懷疑自己其實不弱嗎？不過自己眞的挺弱，倒也不怕被他看出破綻，而且讓他跟著也不壞，有這種保鑣，其他妖怪應該都不敢靠近……沈洛年正想點頭，突然一驚，如果他連自己體內道息都能隱約感受到，一定會發現懷眞是妖怪，這麼一來，怎能和懷眞會合？

《噩盡島 6》完

下集預告

噩盡島 7　*3月　轟動登場！*

妖獸盜賊團 ?!

當世界陷入毀滅災難之際，
卻有一人四妖趁亂打劫……

莫仁最新異想長篇
即刻翻轉你所認識的世界！

國家圖書館出版品預行編目資料

噩盡島／莫仁 著.——初版.——台北市：
蓋亞文化，2010.02-
冊；公分.

ISBN 978-986-6473-54-8（第6冊：平裝）

857.7　　98015891

悅讀館 RE216

噩盡島 6

作者／莫仁
插畫／YinYin
封面設計／克里斯
出版社／蓋亞文化有限公司
地址◎台北市103承德路二段75巷35號1樓
電話◎（02）25585438　傳真◎（02）25585439
部落格◎ gaeabooks.pixnet.net/blog
電子信箱◎ gaea@gaeabooks.com.tw
投稿信箱◎ editor@gaeabooks.com.tw
郵撥帳號◎ 19769541　戶名：蓋亞文化有限公司
法律顧問／宇達經貿法律事務所
總經銷／聯合發行股份有限公司
地址◎新北市新店區寶橋路235巷6弄6號2樓
電話◎（02）29178022　傳真◎（02）29156275
港澳地區／一代匯集
地址◎九龍旺角塘尾道64號龍駒企業大廈10樓B&D室
電話◎（852）27838102　傳真◎（852）23960050
初版十刷／2022年1月
定價／新台幣 220 元
Printed in Taiwan

ISBN／978-986-6473-54-8

RE216
GAEA

蓋亞文化　讀者迴響

感謝您在茫茫書海中選擇了蓋亞，您的支持是我們最大的動力。
不要缺席喔，讓我們一起乘著夢想的羽翼，穿越時空遨遊天地！

姓名： 性別：□男□女 出生日期： 年 月 日
聯絡電話： 手機：
學歷：□小學□國中□高中□大學□研究所 職業：
E-mail： （請正確填寫）
通訊地址：□□□
本書購自： 縣市 書店
何處得知本書消息：□逛書店□親友推薦□DM廣告□網路□雜誌報導
是否購買過蓋亞其他書籍：□是，書名： □否，首次購買
購買本書的動機是：□封面很吸引人□書名取得很讚□喜歡作者□價格便宜 □其他
是否參加過蓋亞所舉辦的活動： □有，參加過 場 □無，因爲
喜歡出版社製作什麼樣的贈品： □書卡□文具用品□衣服□作者簽名□海報□無所謂□其他：
您對本書的意見： ◎內容／□滿意□尚可□待改進 ◎編輯／□滿意□尚可□待改進 ◎封面設計／□滿意□尚可□待改進 ◎定價／□滿意□尚可□待改進
推薦好友，讓他們一起分享出版訊息，享有購書優惠 1.姓名： e-mail： 2.姓名： e-mail：
其他建議：

廣告回信 郵資免付
台北郵局登記證
台北廣字第00675號

TO：蓋亞文化有限公司　收
103 台北市承德路二段75巷35號1樓

Gaea

Gaea